D1140158

Kate Roberts
a'r Ystlum

a dirgelion eraill

Cardiff Libraries
www.cardiff.gov.uk/libraries

Llyfrgelloedd Caerdydd
www.caerdydd.gov.uk/llyfrgelloedd

ACC. No: 02900148

Kate Roberts a'r Ystlum

a dirgelion eraill

Mihangel Morgan

I'm cydweithwyr yn Adran y Gymraeg
Prifysgol Aberystwyth

Argraffiad cyntaf: 2012

© Hawlfraint Mihangel Morgan a'r Lolfa Cyf., 2012

Er bod rhai o'r cymeriadau yn y storïau
hyn yn rhai go iawn, ffuglen yw corff y gwaith

Mae hawlfraint ar gynnwys y llyfr hwn ac mae'n anghyfreithlon i
lungopïo neu atgynhyrchu unrhyw ran ohono trwy unrhyw ddull ac
at unrhyw bwrpas (ar wahân i adolygu) heb gytundeb ysgrifenedig y
cyhoeddwyr ymlaen llaw

Dymuna'r cyhoeddwyr gydnabod cymorth ariannol
Cyngor Llyfrau Cymru

Cynllun y clawr: Sion Ilar
Lluniau tu fewn: Dorry Spikes

Rhif Llyfr Rhyngwladol: 978 1 84771 441 1

FSC

Cyhoeddwyd ac argraffwyd yng Nghymru
ar bapur o goedwigoedd cynaladwy gan
Y Lolfa Cyf., Talybont, Ceredigion SY24 5HE
gwefan www.ylolfa.com
e-bost ylolfa@ylolfa.com
ffôn 01970 832 304
ffacs 832 782

Cynnwys

Cydnabyddiaethau

Cyhoeddwyd ambell stori yn y cyhoeddiadau canlynol: 'Y Seiffr' (*Storïau'r Troad*, gol. Manon Rhys, Gomer), 'Y Gwir yn Erbyn y Byd' (*Stori'r Dydd: Straeon y Babell Lên, Môn '99*, gol. Ken Owen, Gwasg Carreg Gwalch), 'Ymwelydd Syr Thomas' (cylchgrawn *Tu Chwith*), 'O'r Dyfnder ac o'r Dechrau ('Cân imi, Wynt' a 'Cwmwl Haf')' a 'Saunders Lewis yn Aberystwyth' (cylchgrawn *Taliesin*). Darllenwyd 'Y Ford' a 'Hardd Wreangyn' yn y Cwad yn yr Hen Goleg, Aberystwyth mewn Noson o Ddifyrrwch ar 14 Rhagfyr 2011.

Diolchiadau

Carwn ddiolch i Wasg y Lolfa ac i'r golygyddion Meleri Wyn James a Nia Peris am eu gwaith gofalus a'u hynawsedd. Diolch hefyd i Sion Ilar am ei amynedd ac am ddylunio clawr wrth fodd awdur anodd ei blesio.

Caradog Prichard a'i Ci yn y Parc

Nid yw Mr Prichard yn fodlon cydnabod y gair 'ymddeoliad'. O'i safbwynt ef mae'n cymryd hoe fach o'i swyddfa yn Stryd y Fflyd. Nid yw'r ffaith fod yr hoe wedi ymestyn bellach dros ddyddiau, wythnosau a misoedd yn mennu dim arno. Dyn papur ydyw o hyd. Inc yn ei waed. Ond mae ei ddiwrnodau yn ddiweddar yn dechrau efo defod Mynd â'r Ci am Dro.

Wedi cyrraedd y parc mae'n eistedd ar y fainc agosaf a chynnau sigarét. Nid sigarét gynta'r dydd o bell ffordd mo hon ond sigarét gynta'r tro yn y parc. Mae'n adennill ei wynt, yna yn ei golli eto mewn pwl o beswch, ac yna yn ei adennill eto, cyn mynd ymlaen efo'r ci at ymyl y llyn i fwydo'r hwyaid. Rhoes Mati lond bag o friwsion iddo i'w rhoi i'r adar. Yn sydyn, wrth edrych ar y pecyn yn ei law, mae'n cofio mai ar fwyd fel hyn, gweddillion o fwrdd tŷ'r Canon, roedd o a'i fam yn byw ar un adeg yn ei ieuenctid. Yr un mor sydyn dyma'i fam ei hun yn ymrithio o'i flaen: 'B'yta di lond dy fol 'y nghyw i.' Mae'n ei gweld hi fel yr oedd, ac yntau'n fachgen. Dynes ifanc oedd hi ond meddyliai amdani ar y pryd fel ffynhonnell pob gwybodaeth a doethineb a chynhaliaeth, fel rhyw fath o frenhines yn wir.

Mae dau blentyn yn torri ar draws ei synfyfyrdod ac yn rhoi mwythau i'r ci ac yn gofyn ei enw.

'Fritzy…,' na, na, nid Ffritsi chwaith, 'mmm… Mitzy…,'

na dydi hynna ddim yn iawn eto, 'Jini…' Naci, nid dyna'r enw o gwbl. Ddaw o ddim. Ond mae'r plant yn ddigon bodlon ar Jini ac yn rhoi mwy o fwythau iddi a gadael. Beth sy'n bod arno nad yw'n cofio enw'i bwdl ei hun, pwdl Mati, pwdl y teulu? Roedd yn ei gofio y bore 'ma. 'Tyrd…,' meddai a galw'r enw a oedd fel rheol ar flaen ei dafod.

'Tyrd, Mitsi…' Rhywbeth tebyg i Mitsi yw'r enw – o ble daeth yr enw Jini 'dwch? Gwnâi Mitsi'r tro nes y deuai'r enw cywir yn ôl iddo. 'Mae'n bryd inni'i throi hi am y llyn.'

Mae'n gwybod o brofiad mai'r peth gorau i'w wneud dan amgylchiadau fel hyn yw meddwl am rywbeth arall ac yna fe ddaw'r enw neu'r gair anghofiedig yn ei ôl mewn fflach. Y diwrnod o'r blaen anghofiodd enw awdures y stori honno 'Henaint'. Roedd yn ei nabod hi'n dda wrth gwrs, roedd hi'n wraig i'w hen ffrind Morris T Williams, on'd oedd o wedi treulio oriau yn eu cwmni yn wir? Fe allai enwi ei llyfrau eraill i gyd, *O Gors y Bryniau*, *Traed Mewn Cyffion*, *Ffair Gaeaf*, *Rhigolau Bywyd* ac yn y blaen. Fe allai'i gweld hi, ei disgrifio hi, ond roedd ei henw ar y pryd y tu hwnt i'w gyrraedd, fel petai. Fe deimlai o hyd fod y llythyren 'L' yn yr enw, Luned, Elin, Laura, ac eto fe wyddai nad oedd yr un ohonynt yn iawn. Roedd yr enw yn dal i guddio y tu ôl i gysgod neu gwmwl yn ei gof. Roedd o'n benderfynol o beidio â gofyn i Mati nac i edrych ar ei lyfrau ar y silffoedd lle roedd yr ateb i'w gael – dyna'r ffordd i ddifancoll. Rhaid i'w gof ei hun adennill yr enw. Roedd o yno yn rhywle. On'd oedd o wedi sgrifennu dwsinau, ugeiniau o lythyrau ati? Ac yna, wrth iddo wneud rhywbeth arall, torri cig amser swper oedd o, dyma fo'n gweiddi 'Kate Roberts!' nes iddo roi sioc i Mati. Kate Roberts, dim 'L' yn yr enw o gwbl, wrth gwrs.

Oedd y llyn ymhellach i ffwrdd nag arfer 'dwch? Oedden nhw wedi symud y llyn? Chwarddodd wrth eistedd ar fainc arall a chynnau sigarét newydd gan fod yr un gyntaf wedi dod i ben. Yn fuan ar ôl iddo eistedd daeth hen drempyn i ymuno ag o – un o Wŷr Bonheddig y Lôn. Pa hawl oedd ganddo fo, Caradog Prichard, i feddwl am hwn fel 'hen drempyn'? On'd oedd y rhan fwyaf o gymdogion ei blentyndod, ac yn wir, efô a'i fam ei hun, o'r un radd â'r tlawd hwn? Dim tamaid uwch, dim tamaid is. Tlawd ymhlith cyfoethogion oedd hwn ond nid oedd o, Caradog Prichard, yn mynd i'w ddirmygu. On'd oedd hwn yr un ffunud â Harri Bach...? Dyna enw arall yn llithro o'i afael... Wil? Em? Roedd ei feddwl yn niwlog y bore 'ma fel y mwg a chwyrlïai o'i sigarét.

'Betsi!' meddai yn uchel, gan roi tipyn o fraw i'r gŵr bonheddig a rannai'r fainc ag o – ond dyna enw'r ci o'r diwedd. Dyna pryd y sylwodd nad oedd yr ast na'i thennyn efo fo. Roedd o wedi colli'r pwdl heb yn wybod iddo. Rhoes fonyn ei sigarét i'r dyn tlawd a dechrau chwilio am y ci gan weiddi 'Betsi! Betsi!' a chwibanu drwy'i fysedd; wedi'r cyfan, doedd o ddim yn hollol sicr eto mai Betsi oedd yr enw iawn. Na, roedd enw'r ast yn dal i fod ymhell o'i afael. Ymbalfalai amdano o hyd ym mherfeddion ei gof.

'Betsi? Betsan?'

Yna ymagorodd lawntydd a gwyrddni'r parc o'i flaen nes iddo deimlo rhyw benysgafnder yn ei feddiannu. Ymddangosai'r llwybrau'n ddieithr iddo a'r meinciau a'r coed yn anghyfarwydd. Eto i gyd, on'd oedd o a'r ast, beth bynnag oedd ei henw, wedi bod yn dŵad i'r parc hwn bob bore ers misoedd? A rŵan ni allai ffeindio'i ffordd i'r llyn. Gallai, fe allai ofyn, ond unwaith eto oni fyddai hynny yn ildio i anwadalwch ei gof gan swcro ansicrwydd?

Beth yw dyn heb ei gof? Ei atgofion sy'n ei ffurfio. Y gallu i gofio yn ôl a chofio ymlaen yw'r hyn sydd yn rhoi'i bersonoliaeth iddo, yn ei wneud o yn fo'i hun. Mae dyn yn dibynnu ar ei gof nid yn unig i ddweud fe'm ganed a'm maged ym Methesda, dyn papur newydd ydw i, inc yn y gwaed, ond hefyd i ddweud Wdbeins i mi nid Players, awn am dro yn y Rover, dyma 'nghôt a'm het. Ond pan fo'r cof yn pallu nid yw dyn fawr gwell na bwystfil yn gwneud yr un peth drosodd a throsodd heb feddwl, heb amcan, heb bleser. Pan fo'r cof yn diffygio mae dyn yn gwylltio, yn mynd o'i go. Pan fo dynes yn anghofio'i mab ei hun mae hi'n wallgo.

Crafodd Mr Prichard ei ben. Rhaid iddo alw enw'r ast i gof. Rhag ofn.

Fe deimlai'n sicr fod Jini Bach wedi mynd yn syth am y llyn er mwyn cyfarth ar yr hwyaid a'u gwasgaru yn ôl ei harfer. Ond ble oedd y llyn? Ai hwn oedd y parc neu a ddaethai, drwy ryw amryfusedd, i barc gwahanol? Faint o barciau oedd i'w cael yn Llundain heb fod yn bell o'i gartref? Ac eto, ai Llundain oedd y lle hwn? On'd oedd o a Mati wedi dod yn ôl i Gymru, yn unol â'u hen ddymuniad hiraethus, i ymddeol? Na! Doedd o ddim wedi ymddeol eto.

'Betsi! Jini!'

Wrth gwrs, roedd yna bosibilrwydd arall. Hwyrach bod yr ast ar ei ffordd adre, yn mentro croesi ffyrdd prysur a pheryglus y Brifddinas. Roedd o'n sicr mai yn Llundain yr oedd o o hyd. Ond – doedd o ddim yn hollol sicr chwaith. A rŵan doedd o ddim yn sicr o'r ffordd adre.

Aeth i eistedd ar fainc arall. Teimlai'n flinedig ac yn bryderus a chaeodd ei lygaid. Pa mor hir yr arhosodd fel'na ni wyddai. Y peth cyntaf a welodd pan agorodd ei lygaid eto oedd adenydd mawr gwyn. Angel, meddyliai, dwi 'di marw! Dwi yn y nef!

Yna fe sylweddolodd mai alarch ydoedd ac yna fe welodd yr ast yn dod tuag ato, ar draws y lawnt, yn llusgo'i thennyn ar ei hôl.

'Tricsi!' meddai. Daethai'r ast yn ôl a'i henw hefo hi – a dyna lle roedd y llyn a'r hwyaid ac ambell alarch. Roedd hi'n ddiwrnod braf ac roedd Tricsi wedi dod yn ôl yn ddiogel ac roedd y llyn yn yr haul yn ymddangos yn las.

Cyfrinach
y Saer Coed

Coed a phren oedd ei elfennau. Roedd ei weithdy yn enwog drwy'r fro. Deuai pobl o bell i brynu ei seldau dihafal ac i gael trwsio cadeiriau, bordydd a chypyrddau a chael rhai newydd. Amgylchynid ei fwthyn a'i weithdy wrth ei ochr, oedd yn rhan o'r bwthyn ei hun mewn gwirionedd, gan goed amrywiol – derw, onn, masarn, ffawydd. Lle bach pert odiaeth oedd y bwthyn a'r ardd fechan a gedwid gan ei wraig, yn llawn blodau lliwgar o bob math drwy'r flwyddyn. Yn ei storfa, fel rhan o'i weithdy, ceid boncyffion ac estyll mathau o bren nad oeddent yn tyfu yn y wlad hon, yn bren tywyll, bron yn ddu, coch, melyn a rhai oedd yn wyn i bob pwrpas. Ac roedd y gweithdy, a sawrai o bren, yn sioe o offer: llifiau o wahanol faint (roedd ambell un ohonynt yn gallu canu, medden nhw), plaeniau, cynion miniog a myrthylau a mynawydau, heb sôn am offer roedd ef ei hun wedi'u dyfeisio at ei bwrpas ei hun a'u bedyddio gydag enwau nad oedd neb arall yn eu deall – yr ysgrebil, yr agorgyll, yr engddryll a'r culhawdrwch – waeth taw dyfeisydd oedd e wrth reddf, fel y dysgodd pob un yn y pentre yn 1895.

Er bod croeso i bob un ymweld â'i weithdy bach prysur ar yr amod na chyffyrddai â dim, dyn cyfrinachol oedd yn dipyn o ddirgelwch i'w gymdogion oedd y saer, yn enwedig yn ei ieuenctid. Anaml y gwenai – pe gellid gweld gwên y tu ôl i'w drwch o fwstás – ac er bod modd clywed ei chwarddiad ni ellid ei weld. Deuai sŵn y chwerthin o rywle dwfn oddi fewn iddo, fel petai, o grombil ei fodolaeth, megis, ond nid effeithiai ar ddim y tu allan, ar ei wyneb na'i lygaid, felly. Unwaith yn y pedwar amser y clywid ef yn chwerthin ta beth. Digiai yn amlach. Yn wir, gallai'r peth lleiaf ei ddigio. Weithiau roedd hi'n anodd dweud beth yn union oedd wedi ennyn ei ddicter. A phan ddigid ef fe âi i'w sied fawr yn y coed y tu ôl i'w fwthyn. Ni châi neb groeso i'r sied. Ni welsai neb beth oedd yn y sied chwaith. Nid oedd ei wraig, Mary, hyd yn oed, yn cael mynd i mewn. Doedd dim ffenestri ynddi ond yn y to. A phan nad oedd y saer ynddi roedd y drysau bob amser dan glo gyda sawl cadwyn ar eu traws a sawl clo clwt yn cau'r rheini'n sownd. Ond lle swnllyd ofnadwy oedd y sied pan fyddai'r saer ynddi wrth ei ddirgel waith – sŵn morthwylio a llifio a churo wedi'i atalnodi gan ysbeidiau o ddistawrwydd llwyr, oedd yn fwy o ddirgelwch na'r mwstwr. Roedd hi'n amlwg i bob un fod y saer coed wrthi'n gwneud rhywbeth mawr yn y sied, yn ei adeiladu, yn wir, yn ei saernïo. Ond beth? Beth oedd y peth cyfrinachol hwn y bu'n gweithio arno ar ei ben ei hun ers ei ugeiniau, trwy'i dridegau ac a oedd yn dal heb ei orffen yn ei ddeugeiniau?

Holai'r cymdogion wraig y saer yn aml ond dywedai hithau na wyddai fwy na neb arall yn Sir Benfro i gyd beth oedd ei gŵr yn ei wneud yn y sied 'na. Liciai hithau wybod. Roedd e'n treulio gormod o amser yno i'w chwaeth hi. Pan fai'r natur arno byddai'n mynd i'r sied i weithio nes iddo dawelu. Ond pan fai mewn hwyliau da byddai'n mynd i'r goedwig am dro i astudio'r adar – ei unig ddiddordeb arall ar wahân i goed, pren a chelfi.

Gwyddai'r saer fod chwilfrydedd plant yr ardal yn drech na'u hunanreolaeth a bod ambell lencyn mwy anturiaethus na'i gilydd wedi mentro dringo'r coed ar bwys y sied er mwyn edrych i mewn drwy'r ffenestri yn y to. Ond roedd y saer wedi rhagweld hynny a bob tro cyn gorffen ei waith fe fyddai'n gorchuddio'r ffenestri oddi mewn gyda sachau. Serch hynny, roedd diddordeb pobl, yn enwedig yr ifainc, yn fygythiad i'w gyfrinach.

Maentumiai rhai fod y saer yn gwneud rhyw fath o gaets i gadw adar. Ond go brin y byddai unrhyw fath o gaets yn cymryd gwell nag ugain mlynedd i'w wneud. Ta beth, nid oedd gydag ef awydd cadw dyrnod, dim ond gweld y rhai gwyllt yn hedfan oedd yn rhoi pleser iddo. Dywedai eraill ei fod e'n paratoi rhyw declyn ofnadwy i arteithio'i wraig neu blant y fro. Ond roedd pob un oedd yn ei adnabod yn dda yn gwybod ei fod yn hynod o addfwyn tuag at ei wraig ac roedd tri o blant gyda nhw ac roedden nhw'n bobl garedig iawn. Er gwaethaf ei olwg surbwch ac amharodrwydd ei wên doedd dim byd cas am y saer. Pigog a chroendenau, efallai, ond ddim yn gas.

Credai eraill fod y saer wrthi'n gwneud rhywbeth cywrain odiaeth mas o bren, a ta beth oedd y peth celfydd hwn (ac unwaith eto roedd sawl damcaniaeth yn ei gylch), wedi iddo'i gwblhau byddai'n ei gyflwyno i'r Frenhines.

Yna ym mis Medi 1895 agorodd y saer ddrysau enfawr ei sied gan ddisychedu chwilfrydedd nifer o'r pentrefwyr o'r diwedd. Ond pan ddatguddiwyd cynnwys y sied nid oedd neb yn deall y rhyfeddod. Dychrynwyd rhai, hen ac ifanc, a rhedasant i guddio yn y coed; safodd yr eneidiau dewrach i weld y saer yn dod â'i greadigaeth i olau dydd ar blatfform ar olwynion, dros ddeg troedfedd ar hugain ohoni wedi'i gwneud o bren bambŵ a chynfas a weiar. Oherwydd ei dieithrwch, prin y gallai neb ei disgrifio na'i hamgyffred yn iawn. Roedd yna ryw fath o fasged hirgrwn a pholyn yn y canol ac uwch ei phen beth hirgrwn arall, dair gwaith maint y fasged, a bob ochr i'r peth uwchben roedd yna bethau tebyg i adenydd. Trueni nad oedd neb yn y pentre yn berchennog un o'r camerâu newydd. Gyda chymorth rhai o'i gymdogion, er gwaetha'u penbleth, tywysodd y saer y peth syfrdanol hwn i ben twyn yng nghanol y pentre.

Safodd y gynulleidfa fechan, gan gynnwys Mary a'i phlant, mewn parchedig ofn heb syniad yn y byd beth i'w ddisgwyl nesaf. Dringodd y dyfeisydd i mewn i'r fasged. Yna, dyma fe'n dechrau pwmpio rhyw drosol yn y fasged ac uwch ei ben dyma wyntyll yn dechrau troi a throi gan gyflymu a chyflymu. Yna fe gododd y ddyfais o'r llawr gan beri i bob un ddweud 'O!', ac fel petai'r cydebychiad unsain hwnnw wedi'i gynorthwyo, cododd y contrapsiwn yn uwch nes ei fod yn hongian uwch eu pennau yn yr awyr yn union fel llong ar wyneb y dŵr. Ond doedd dim i gynnal y llong hon, dim ond awyr mor anweladwy â chwarddiad y saer ei hun. Gwaeddodd a chriodd rhai o'r plant ond roedd yr oedolion yn rhy syn i ddweud dim na gwneud dim ond sefyll yn gegrwth. Wrth i'w wraig edrych arno mewn dirfawr ofn am ei fywyd ehedodd y saer ar lawenydd ac ar lwyddiant ei freuddwyd. O'r diwedd, ar ôl oes o ddamcaniaethu a dyfalu a dychmygu, dyma fe'n gwireddu'i uchelgais – roedd e'n hedfan fel aderyn ac, yn wir, gyda'r adar. Dyna'r pentrefwyr a Mary, ei wraig, a'i blant oddi tano fel doliau bach, a'i gymdogion, buchod ac wyn fel teganau, caeau fel hancesi, ac yn ei galon a thrwy'i gorff i gyd fe deimlai'r ias fwya rhyfedd. Gorfoledd! Ac er nad oedd neb arall yn y fasged gydag ef i rannu'r profiad, nac i fod yn llygad-dyst, nac i'w glywed fe chwarddodd yn uchel. Boddwyd y sŵn gan y gwyntyll uwchben. Chwarddodd yn ddireolaeth gan daflu'i ben yn ôl ond roedd e'n rhy uchel yn yr awyr i neb ei weld.

Mae'n bosibl y byddai fe wedi hedfan ymhellach ac yn hirach ac yn uwch, ond mewn sied mae'n hawdd anghofio'r byd y tu hwnt i'r drysau a'r to. Oedd, roedd y peiriant hedfan yn gallu hedfan yn unol â'i ddyfaliadau a'i gynlluniau – on'd oedd wedi codi lan a symud? Fe deimlai fel aderyn, fel un o'r duwiau mytholegol gynt; fe brofodd hyfrydwch a rhyddid yr ehedyddion. Ond roedd yna un peth nad oedd e wedi cyfri amdano yn nhywyllwch y sied y tu ôl i'w fwthyn, sef coeden.

Dyddiau Olaf Charles Edwards

1 Gorffennaf 1691, dyma'r tro olaf y byddai'n ysgrifennu gair ac yntau'n ŵr llên, cwndid Duw, gŵr y Gair. A dyma ddistawrwydd yn ei feddiannu. Nid bod distawrwydd yn ei amgylchynu, i'r gwrthwyneb. Mae'n clywed lleisiau o'i gwmpas ym mhobman, lleisiau yn sibrwd yn ei ddeheuglust a lleisiau yn sibrwd yn ei aswyglust. Er iddo gau'i ddwy law am ei ddwy glust mae'n dal i glywed y lleisiau yn sibrwd yn ei ben, fel petai. Lleisiau ffiaidd yn parablu geiriau aflan yn Gymraeg, Saesneg a Lladin ac yn ei annog i wneud pethau anifeilaidd, bwystfilaidd, yn wir. Geilw ar yr Arglwydd am nerth i'w hanwybyddu ac i wrthsefyll eu gorchmynion. Mae cwsg yn amhosibl gan nad oes taw ar y lleisiau a'u llifeiriant budr. Ni chysgodd neithiwr ac nid yw wedi cysgu'n iawn ers wythnosau; ni chawsai noson o gwsg adnewyddol ers iddo gladdu'i wraig bum mlynedd yn ôl. Roedd hithau wedi ymadael ag ef a chymryd ei blant ei hun gyda hi gan ei adael yn ddyn unig yn y byd. Ond daliodd ati i wneud gwaith yr Arglwydd gan bregethu ac ysgrifennu a chyfieithu. Ysgrifennodd fel petai'n siarad â'i blant ei hun ac er eu mwyn nhw yn arbennig, er taw pur anaml y câi eu gweld. Roedd e'n dal i fod yn dad er iddo gael ei wahanu oddi wrth ei blant; roedd yn dal i fod yn ŵr priod er bod ei wraig yn ei bedd; ac roedd yn dal i fod yn weinidog er iddo gael ei wrthod a neb

yn fodlon gwrando ar ei bregethau. Ond ni allai fod yn ŵr
llên mwyach gan fod geiriau'i ysgrifbin yn hesb. Dywedasai'r
cwbl.

Yn ei stafell fe deimlai lygaid yn syllu arno, y tu ôl iddo.
Ond wrth droi doedd neb i gael. Ar ei ben ei hun oedd e.
Teimlai'r llygaid yn edrych i lawr arno o gorneli'r stafell a
thrwy'r craciau yn y wal ac i fyny o'r llawr. Clywai sŵn anifail
yn ysgyrnygu ac yn hisian, yn mewian yn rhywle, a theimlai'r
pawennau arno a'r crafangau'n torri'i groen er nad oedd
unrhyw greadur i'w weld. Clywai oglau hefyd, oglau ffiaidd,
brwmstan a baw a gwynt pethau pwdr a llygredig. Fe deimlai
weithiau ei fod e'n byw mewn triongl gyda rhan ohono yn y
byd daearol, meidrol hwn, rhan ohono mewn cymundeb â'r
dwyfol a rhan arall ohono eto mewn uffern. Yn aml roedd y
llenni rhwng y byd hwn a'r bydoedd eraill yn denau a thryloyw.
Wrth weddïo fe deimlai'i hunan yn mynd yn syth i fyny i'r
nef a'i fod ym mhresenoldeb y Cariad Tragwyddol. Ond yr
un mor sydyn fe fyddai'n clywed eneidiau condemniedig yn
sgrechian arno o ddyfnderoedd diwaelod ebargofiant. Gwaith
caled oedd dod yn ôl i'r byd dros dro hwn a symud ymhlith
ei gydbechaduriaid.

Fe wyddai ei fod yn ddiogelach gartref yn ei stafell ei hun
a bod mwy o demtasiynau a pherygl o ymosodiadau dieflig o
bob tu iddo mas yn y byd. Eto i gyd, teimlai waliau ei stafell
yn cau amdano ac yn ei gyfyngu i diriogaeth ysbrydion drwg.
Fe allai glywed pethau'n siffrwd ac yn llusgo tuag ato. Liw
dydd fe'i hamgylchynid gan bwerau'r tywyllwch. Wrth erfyn
ar yr Hollalluog fe ymosodid arno gan weision y Fall. Ond
y nosweithiau oedd y gwaetha. Fe deimlai bethau seimllyd
yn cripian dros ei wyneb a'i dalcen, creaduriaid blewog a
chennog gyda chwe ac wyth coes yn cerdded dros ei ddwylo
a'i gorff. Ar ei war ac yn ei glust fe deimlai anadl afiach wrth

i ryw ellyll wneud awgrymiadau anllad, annaturiol, aflednais. Codai yn oriau mân y bore yn foddfa o chwys.

Roedd yn rhaid iddo ddianc. Wedi noson arall o anhunedd, ac wedi gorffen ei hunangofiant, roedd e'n barod i ffoi. Felly, gadawodd ei gartref – neu'r llety a fu'n arhosfan iddo dros dro – a chaeodd y drws ar ei ôl gyda chlep a dechrau rhedeg. Rhedodd nerth ei draed. Ond yn lle gadael ei erlidwyr arallfydol ar ei ôl daethent gydag ef ac ymunodd eraill gyda nhw.

Fe gerddodd, yna fe redodd, nes gadael llwybrau a pherthi'r wlad ar ôl, heb droi'i ben, er y gwyddai na fyddai'n dychwelyd byth. Cerddodd a cherddodd nes iddo gyrraedd y dref fawr. Ond roedd ei strydoedd yn rhy lydan ac yn rhy hir a'i hadeiladau yn rhy fawr. Fe deimlai fel aderyn bach diymadferth ar goll ar y rhostir, ei adenydd wedi torri. Ac o'i gwmpas fe droai'r bobl a'r certiau a'r ceffylau a'r anifeiliaid yn chwil nes codi pendro arno, ynghyd â'r anghenfilod annaearol a oedd yn gwmni parhaus iddo ym mhobman, a'r cyfan yn creu mwstwr aflafar, amhersain, digon i gracio'i ben.

Pa mor bell y cerddodd a pha mor hir y bu'n crwydro ni allai ddweud. O bryd i'w gilydd deuai ato'i hun, neu fe ddeuai o hyd i'w hunan fel petai, yn gorwedd ar lawr ar ryw stryd ddieithr a phobl yn cerdded drosto ac ambell un yn poeri arno. Roedd ei ddillad yn garpiau, ei draed yn noeth a'i fol yn wag. Ond wiw iddo fwyta dim rhag ofn bod yr ellyllon wedi'i wenwyno. Roedd pob tamaid a gawsai ers iddo adael ei lety yn sawru o waith ysbrydion aflan a'r gwynt yn codi cyfog arno. Roedd yn well ganddo fynd heb fwyd na derbyn maeth y Gŵr Drwg.

Heb fflam ar ei gyfyl roedd ei groen ar dân. Fe deimlai ddannedd bach dieflig yn ei gnoi ac yn bwyta i mewn i'w gnawd fel ei fod yn cosi drosto. Cosai'i wyneb, ei gefn, ei draed, ei goesau a'i freichiau, nes bod ei gorff ei hun yn ei wylltio.

Cuddiai mewn corneli ar y strydoedd gan gwato rhag y glaw a gurai'i gorff ond o gil ei lygad fe welai'r cythreuliaid fel pethau blewog a seimllyd gyda chynffonnau hirion yn gwibio o le i le. Weithiau fe allai weld eu llygaid fel gleiniau bach duon yn fflachio ac yn wincian arno.

Aethai'r byd hwn yn ddieithr iddo. Ar brydiau fe deimlai fel petai'n arnofio drwy bob peth, fel petai dwylo nefol yn ei godi uwchlaw'r baw a'r llaca. Ond ysbeidiau prin oedd rheini. Yn amlach nawr fe'i câi'i hun yn cropian fel anifail ar y llawr a dieithriaid yn ei regi ac yn ei gicio ac yn ei felltithio ac yntau eisoes yn felltigedig. Nid oedd yn gwybod ble oedd e nac i ble roedd e'n mynd ac, yn waeth na hynny, nid oedd yn hollol glir ei feddwl bellach pwy neu beth oedd e. Beth oedd ei enw? Roedd ei ddealltwriaeth o iaith yn egwan. Âi geiriau sawl iaith yn gymysg drwy'i ben dwmbwl dambal heb iddo allu amgyffred yr un ohonynt yn iawn ac ni ddeuai'r geiriau o'i enau ond fel llifeiriant disynnwyr. Nid rhyfedd fod dynion yn ei drin fel peth gwaeth na mochyn. Ac ni allai wahaniaethu rhwng dydd a nos, rhwng munud a mis, rhwng awr a thragwyddoldeb.

Dihunai a chael ei hunan yn gorwedd yn ei faw ei hun nes y byddai hi'n bosibl credu taw rhyw fath o fochyn neu anifail aflan oedd e mewn gwirionedd, yn dwrch daear neu'n fwydyn llysnafeddog, rhywbeth is na chwannen.

Ar Hyd y Caeau

Roedd yna ddwy Geridwen, y naill yn yr ystafell a'r llall yn y drych. Gwisgodd Ceridwen ei het wen a'i menig gwynion i gyd-fynd â'i ffrog wen. Roedd hyn, wrth gwrs, ar ôl iddi ymbincio gan frwsio'i gruddiau â'r ychydig lleiaf o *rouge* a dodi smic o finlliw coch ar ei gwefusau. Cymerodd amser a gofal i osod yr het yn ei hunion le ar ei gwallt melyn ac wedi gwneud hyn i'w phlesio safodd o flaen y drych hir yn yr ystafell wely. Roedd yr hyn a welai yn rhyngu'i bodd. Roedd hi'n brynhawn braf ac roedd ganddi sawl neges yn y dref cyn y byddai'n mynd am dro.

Wrth iddi gamu mas i heulwen y dydd fe lanwyd ei bron â rhyw hyfrydwch anghyffredin. Gogleisiai'r awel hafaidd ei breichiau. Fe deimlai fel merch yn ei harddegau heb brofi'i chusan gyntaf eto, a hithau newydd ddathlu'i phen-blwydd yn hanner cant a dwy oed (roedd hynny'n gyfrinach). Teimlai'r pafin yn dwym dan ei thraed wrth iddi gerdded i'r dref fechan ar lan y môr. Cyfarchai sawl un ar ei ffordd; on'd oedd pob un yn ei nabod? Wedi'r cyfan, i Drem-y-Gorwel y daeth i fyw yn briodferch ifanc a dyna lle roedd hi'n byw o hyd wedi marwolaeth ei gŵr flynyddoedd lawer yn ôl, ac felly, yn ddigon naturiol, oedd, roedd pob un yn ei nabod hi.

Croesawodd Mr Pemberton ei gwsmer gorau pan ddaeth Ceridwen i mewn i'w siop. Wrth iddi archebu nwyddau'r wythnos (bara, menyn, caws, tatws, ac yn y blaen) yn ogystal â danteithion arbennig (te, coffi, siocledi a theisennau) edmygai

Mr Pemberton harddwch a llyfnder ei chroen a glesni'i llygaid. Ac nid ef oedd yr unig un; roedd Edward, gwas y siop, a oedd wrthi yn sgubo'r llawr, wedi cochi at ei glustiau pan ddaeth Mrs Morgan i mewn. Hyhi oedd y peth tebycaf i un o sêr y ffilmiau a welsai yn y cnawd. Trefnodd Mrs Morgan i'r nwyddau gael eu delifro i'r drws.

Wedi creu tipyn o gyffro a thorri ambell galon yno symudodd Ceridwen ymlaen drwy'r prynhawn. Cerddodd gydag ymyl y patsyn glas a oedd yn ganol ac yn galon y dref. Fe'i cyferchid gan ddynion a merched fel ei gilydd, gan blant a chan yr hwyaid ar y pwll o ddŵr ar bwys y patsyn glas. Arhosai Ceridwen i fwytho pob cath a phob ci – gwyddai'u henwau nhw i gyd: Mitsi, Blackie, Rover, Perro a Megan. Amsugnai Ceridwen nid yn unig wres heulwen yr haf ond gwres cyfeillgarwch ei chymuned. Fe'i hamgylchynid gan ewyllys da ble bynnag yr âi.

Pan agorodd ei chyfaill, yr artist Alfan Elis, y drws iddi cododd ei galon fel petai ysbryd yr haf neu ymgnawdoliad o'r haf ei hun wedi camu i mewn i'w gartref. Fe'i tywysodd i fyny'r grisiau i'w stiwdio a dyna lle roedd peintiad-ar-y-gweill o Mrs Ceridwen Morgan yn sefyll ar îsl, ond dim ond cefn y cynfas y gallai Ceridwen ei weld wrth iddi fynd i mewn i'r ystafell. Bu'n dod bob wythnos ers sawl mis er mwyn i Alfan gael ei pheintio ond hyd yn hyn ni chawsai'r un cip ar y llun ei hun. Cyfrinachol iawn oedd Alfan yn ei gylch.

'Ni'n tynnu at y terfyn,' meddai ef wrth iddi ddiosg ei dillad i gyd a gorwedd ar y *chaise longue*. Pan welai hi fel hyn yn ei gogoniant noethlymun fe deimlai Alfan awydd i'w sgubo i fyny yn ei freichiau a'i meddiannu hi. Ond rhaid oedd iddo'i feddiannu'i hunan yn hytrach, fel y gwnaeth Goya a Klimt a Toulouse-Lautrec (ni wyddai Alfan nad oedd hunanfeddiant yng nghroen Goya na Klimt na Toulouse-Lautrec). Wedi'r cyfan, fe deimlai ym mêr ei esgyrn mai'r llun hwn o Mrs Morgan fyddai'i gampwaith. Dyna lle y gorweddai hi yn ysblander naturiol ei chroen, heb yr un plisgyn rhyngddi hi ac ef, yn fôr o blygiadau meddal a thwyni a thonnau cnawdol, yn wyn ac yn binc ac yn felyn i gyd. Roedd hi'n hufen a mefus, roedd hi'n *meringue*, roedd hi'n *blancmange*. Prin y gallai ddal y brws yn ei fysedd. Prin y gallai beintio heb grynu. Ond er gwaetha tanbeidrwydd ei ddyhead roedd Alfan yn gorfod caniatáu iddi ymadael ar ddiwedd awr ogoneddus o drosglwyddo llinellau llyfn ei chorff i'w gynfas er y gwyddai fod ei dasg wedi'i thynghedu i fethu gan na allai wneud cyfiawnder â hi byth.

Gwisgodd Ceridwen ei ffrog wen, ei het a'i menig eto a ffarweliodd ag Alfan ar ôl gaddo dod am un sesiwn arall. Mas yn yr awyr iach unwaith yn rhagor teimlai'r heulwen fel mêl o'i hamgylch. Teimlai hithau fel un o'r pryfed bach rheini y'u gwelir wedi'u dal mewn ambr am filiynau o flynyddoedd, gyda'r gwahaniaeth y gallai hi symud. Ac ymlaen y symudodd hefyd gan anelu at ymylon gwledig y dref, am un o'r ffermydd cyfagos, nid i gwrdd â rhyw amaethwr cefnog nac i gwrdd ag un o dirfeddianwyr parchus y fro, eithr i gadw oed gyda rhywun nad oedd yn berson o bwys o gwbl yn yr ardal. Ac er mwyn iddi gywiro'r oed rhaid oedd iddi gerdded drwy'r caeau. Ond nid oedd hyn yn brofiad annymunol iddi, i'r gwrthwyneb. Sylwodd ar y buchod yn pori, ar wenoliaid yn gwichian yn orfoleddus yn yr awyr ddigwmwl las. Rhyfeddodd at liwiau adenydd pob iâr fach yr haf. Teimlai'n un â natur ac â'r ddaear. Teimlai fel petai hi'n ymgorfforiad o'r ddaear ac, yn wir, taw hyhi oedd wedi rhoi genedigaeth i'r ddaear.

Yn y pellter y tu ôl iddi roedd toeau tai'r dref a thŵr yr eglwys yn y canol. O'i blaen roedd clytwaith o gaeau glas a pherthi a choed, ac ymhellach ymlaen y bryniau fel estyniad o'i chorff ei hun. A dyma hi yng nghanol y cyfan ac yn rhan o bob peth.

Ymlwybrodd trên heibio iddi ar hyd y cledrau haearn a dorrai drwy'r wlad. Chwyrlïai'r stêm i'r awyr fel petai'n ceisio dodi cymylau uwchben y bryniau gan fod glesni'r awyr yn rhy bur hebddyn nhw. Meddyliai Ceridwen am y bobl ar y trên, ar eu ffordd i sawl lle mae'n debyg. Ni allai ymgroesi rhag codi'i llaw wrth feddwl amdanyn nhw yn teithio'n bell i weld perthnasau, yn mynd ar eu gwyliau, yn symud cartref, rhai wedi gadael anwyliaid ar ôl, eraill yn edrych ymlaen at aduniad â rhai annwyl, yn union fel yr oedd hithau yn edrych ymlaen at gywiro oed unwaith eto â'i chariad mewn munud.

Evan Roberts yn Brighton

Fel llawer o deuluoedd yn ne Cymru fe effeithiwyd ar fy mam-gu a'm tad-cu gan Ddiwygiad 1904–5. Priododd y ddau yn 1900 gan symud i mewn i'w cartref yn 1907 mewn rhes o dai lle magwyd fy mam a'i brodyr a'i chwiorydd. Felly rhwng y ddau ddigwyddiad mawr hyn – priodi a phrynu tŷ – buont yn dystion i bregethau a chyrddau Evan Roberts ac o ganlyniad fe fagwyd y plant i gyd 'ar fronnau'r ysgol Sul' ys dywedir. Capelwyr oedd Mam-gu a Tad-cu – roedd Tad-cu yn flaenor – a chapelwraig ffyddlon oedd fy mam hyd ddiwedd ei hoes hir. Wrth gwrs, roedd Tad-cu a Mam-gu yn ddigon eiconoclastig fel llawer o aelodau'r Hen Gorff – mewn geiriau eraill, prin iawn oedd y lluniau ar waliau'r cartref. Dyna pam mae'r llun mawr ar y landin dywyll yn sefyll yn fy nghof, mae'n debyg. Ffotograff du a gwyn mewn ffrâm euraidd ei lliw; llun o ddyn ifanc golygus a chanddo wallt golau a llygaid glas (hyd y gellid barnu o lun du a gwyn).

'Pwy yw hwn'na?' gofynnwn i.

'Evan Roberts,' atebai fy mam, 'y pregethwr mawr.'

Yn ddiweddarach clywais ychydig mwy amdano ac am y Diwygiad. Cawsai Mam-gu'i heffeithio'n ddwfn ganddo, gan ei lais swynol a'i lygaid hudol. Roedd ei bregethau wedi'i thrydaneiddio hi a phob un arall yn y cwrdd. Ond erbyn i Mam gael ei geni yn 1917, ffigur o'r gorffennol, hyd yn oed iddi hi, oedd Evan Roberts. Doedd neb yn siŵr iawn be ddigwyddodd iddo ar ôl 1906. Gwyddai'r hen bobl, cenhedlaeth Mam-gu, iddo dorri i lawr fel y bu'n rhaid iddo fynd i ffwrdd i adennill ei nerth ac i orffwys. Ond dyna ddiwedd pob sôn amdano i bob pwrpas.

Pan fu farw Mam-gu yn 1965 bu'n rhaid torri'r hen dŷ, afraid dweud. Daeth Anti Mair, chwaer Mam, i helpu. Roedd hi'n hŷn na Mam ac aethai'n nyrs yn Lloegr yn fuan ar ôl y Rhyfel Byd Cyntaf gan ymgartrefu yn ddiweddarach yn Swydd Surrey. Cyfarfu â'i gŵr yn Brighton. Fe'i gwelais yn tynnu'r llun o Evan Roberts i lawr a phan ofynnais iddi pam dywedodd ei bod hi am fynd ag ef yn ôl gyda hi i'w chartref yn Guildford. Roedd hyn yn fy nharo fel peth od i'w wneud. Gwyddwn ei bod hi'n mynychu'r cwrdd yn Sutton o bryd i'w gilydd ond doedd hi ddim yn gapelwraig selog o bell ffordd. Pan ofynnais pam ei bod hi'n moyn ffotograff mor fawr a hen ffasiwn dyma'r stori a rannodd gyda mi:

Ar ôl i mi gael 'y nhystysgrif fel nyrs fe es i weithio yn Brighton yn 1924 yn yr ysbyty yn Race Hill ar gyfer y diciâu. Ro'n i wrth 'y modd yno, tref fawr ar lan y môr, llawn siopau a theatrau a sinemâu a'r pafiliwn anhygoel a dau bier. Nace bo' llawer o arian 'da fi pryd 'ny cofia. Byw mewn *digs* o'n i ac yn gorfod 'ala peth arian 'nôl sha thre at Mam. Lle ro'n i'n byw yn Kemp Town roedd sawl nyrs arall yno hefyd a phob un â'i stafell ei hun ond yn cael bwyd gyda'r lojars eraill yn stafell fwyta'r landledi. Allwn i ddim fforddio llawer yn y siopau ac anaml y gallwn i fynd i'r theatr er y byddwn i'n mynd i'r pictiwrs yn reit aml – roedd rheini'n weddol rad. Y piers oedd 'yn hoff le pan oedd amser sbâr 'da fi. Roedd y West Pier braidd yn posh, ac roedd y Palace

Pier yn fwy cartrefol i mi. Roedd y lle yn llawn bywyd a hwyl, pobl ar eu gwyliau, cariadon, ffair hwyl, *kiss-me-kwik*, a phethau i ddodi ceiniog ynddyn nhw – *what-the-butler-saw*, *laughin' policeman*, pethau gweud eich pwysau a phethau gweud ffortiwn ac yn y blaen. Wrth gwrs, fyddwn i ddim yn treio'r rhain i ennill arian wath taw gamblo fyddai hwn'na a merch y capel o'n i o hyd. Byddwn yn mynd gyda rhai o'r nyrsys eraill ac yn prynu ffish a tships neu hufen iâ ac yn cerdded ar hyd y pier sawl tro ac yn gwylio pobl eraill. Roedd y bechgyn ffasiynol i gyd yn gwisgo *Oxford bags* pryd 'ny gyda sanau â phatrwm diemwnt arnyn nhw a ninnau'r merched yn gwisgo ffrogiau gyda'r wasg yn isel iawn.

Roedd yna sawl menyw gweud ffortiwn ar y pier. Roedd fy ffrindiau, y nyrsys, wrth eu bodd yn mynd i gael darllen cledr y llaw neu'r dail te er mwyn cael gwbod pwy fyddai'n gariad iddyn nhw. Awn i ddim i mewn gyda nhw – magwraeth y capel eto. Byddwn i'n gwrando ar un o'r pregethwyr tân-a-brwmstan gyda'u placardiau yn gweud 'Repent – the End is Nigh' wrth aros am fy ffrindiau i ddod mas o babell y sipsi. Mor wahanol oedd y pregethwyr ffanatigaidd hyn i'n gweinidogion addfwyn gartref. Un tro gwelais ddyn yn sefyll ar focs ac yn pregethu dan eneiniad ac angerdd. Roedd rhywbeth yn gyfarwydd am ei wyneb tyner ond cryf, ei lygaid glas a'i wallt golau. Sai'n cofio'i eiriau nawr ond roedd ei lais yn swynol iawn ac roedd un peth yn bendant amdano – Cymro oedd hwn. Ai Evan Roberts oedd e? Sai'n gwbod beth a wnaeth i mi feddwl hynny. Dyn marciau'r hanner cant oed oedd hwn ac mae'n debyg taw dyna fyddai oedran y Diwygiwr ar y pryd. Fel dwi'n gweud, sai'n cofio byrdwn ei araith nawr ond roedd rhyw naws gas yn perthyn iddi. Rhyw awgrym bygythiol, er gwaetha swn hudol y llais. Roedd e'n sôn am gosbi pechaduriaid mewn tân uffernol tragwyddol gan fynd ymlaen am fflamau uchel, poeth ac am gythreuliaid gyda phicffyrch hyd yn oed. Chlywais i erioed sut beth mewn capel. A bob yn dipyn bach roedd e'n mynd yn fwy tanbaid wrth i'r hwyl gynyddu a dyma fe'n dechrau gweiddi a chwifio'i ddyrnau nes i'w wyneb droi'n biws. Roedd e'n 'ala ofn arna i ac anodd credu bod fy mam annwyl wedi cael ei chymryd i mewn gan y fath greadur eithafol a gwyllt. Roeddwn i'n falch o weld fy ffrindiau yn dod mas o'r babell o'r diwedd.

Yna un noson es i 'nôl i'r llety yn Kemp Town a dyna lle roedd y landledi, Mrs Brown, yn y pasej. Roedd 'da ddi lojar newydd yn symud i mewn, meddai, un o'm cydwladwyr i hefyd. Gwedodd hyn heb guddio awgrym o ddirmyg; wedi'r cyfan, on'd oedd y Cymry yn eitha tebyg i Wyddelod, a doedd neb yn moyn rheini. Yma dan oddefgarwch oedden ni'r Cymry. Roedd arwyddion ar y rhan fwya o lefydd oedd yn cynnig stafelloedd pryd 'ny yn gweud 'No Pets. No Blacks. No Irish'. Fyddwn i ddim wedi synnu gweld un yn gweud 'No Welsh'. Fel safiad yn erbyn ei ragfarn gwedais y byddwn yn disgwyl ymlaen at gael cwrdd â'r Cymro amser swper.

Roedd naw ohonom o gwmpas y ford y noson honno: tair nyrs arall, hen lojar o'r enw Mr Leathead, hen fenyw o'r enw Miss Lycett, dau ymwelydd gwely a brecwast oedd wedi talu am bryd o fwyd gyda'r hwyr, a'r lojar newydd a ddaeth i eistedd wrth f'ochr i. Cyfarchodd bob un yn Saesneg a dywedodd 'Noswaith dda' wrtho i, gan ennyn cilwg gan Mrs Brown, yna plygodd ei ben gan gadw dyletswydd yn dawel cyn dechrau b'yta. Ni ddywedodd yr un gair arall y noson honno wrth neb.

Dros yr wythnosau nesa fe welwn y dyn tawel hwn yn y stafell fwyta. Ni fyddai'n eistedd gyda fi bob tro ond roedd e wastad yn cadw dyletswydd cyn iddo ddechrau'i fwyd. Ar wahân i hynny prin y byddai'n llwybrau'n croesi, a phan ddigwyddai hynny fe fyddai'n gweud 'Prynhawn da' neu 'Noswaith dda', ta beth oedd yn briodol ar y pryd. Dyn digon cwrtais ond cwbl ddinod. Wnaeth e ddim argraff arna i o gwbl, er bod rhywbeth yn gyfarwydd yn ei gylch.

Roedd fy ffiol yn llawn rhwng gwaith a bywyd cymdeithasol. Roedd rhai o'r cleifion yn gynfilwyr, wedi dod 'nôl o'r Rhyfel Mawr â niwed i'r sgyfaint, peth a fyddai'n troi'n TB yn aml. Ac roedd llawer o'n cleifion yn blant neu'n bobl ifainc. Roedd marwolaeth yn rhan o'n bywyd beunyddiol. Afraid gweud, bydden ni'r nyrsys yn mynd mas mor aml ag y gallen ni i gael hwyl – hwyl hollol ddiniwed, dim byd tebyg i heddi – aem i ddawnsfeydd ambell waith, i'r sinema yn gyson, gan ei bod yn weddol rad fel y gwedais i, ac aem am dro i'r piers bob cyfle roeddem yn ei gael, i'r Palace yn amlach na pheidio, ond aem i'r West Pier ambell waith am drît arbennig. Fe welwn i'r pregethwr tân-a-brwmstan o bryd i'w gilydd a bob tro fe fyddai'n 'y nychryn i am 'y mywyd, byddwn yn cael hunllefau ar ôl ei weld, yn 'y ngweld 'yn hunan yn nofio mewn pwll o dân a chythreuliaid yn 'y mhoenydio. Roedd fy ffrindiau'n gwbod ei fod e'n 'ala ofn arna i. 'Paid cymryd sylw,' medden nhw. Ond doedden nhw ddim yn blant yr ysgol Sul, nag o'n nhw?

Tua'r adeg yma y cwrddais i â George – Wncwl George i ti wrth gwrs – a dyma ni yn dechrau canlyn. Aethon ni ar y West Pier un tro i gael te yn y caffe yno gyda weitresys mewn du a gwyn a hetiau bach ar gefn eu pennau – ddim yn annhebyg i nyrsys. Dyna pryd y gofynnodd George i mi'i briodi.

Yn fuan wedi'ny roedd hi'n bryd i mi hel 'y mhac a gad'el hen digs Mrs Brown, a rhaid cyfadde ro'n i'n ddigon parod i fynd, wath oedd byw yn yr hen le yn dechrau torri 'nghalon. O'n i'n hiraethu am 'yn hen gartref, wrth gwrs, ond yn gorfod meddwl am wneud 'nhre 'yn hun. Des i o hyd i lety gwell o lawer, heb fod yn bell o le oedd George yn byw, a gyda 'y nghegin fach fy hun fel nad oedd rhaid i mi orfod rhannu bwrdd â dieithriaid bob nos.

Wel ar y noson ro'n i'n gad'el tŷ Mrs Brown daeth y dyn bach dinod i helpu cario'r bagiau trwm a'r siwtcesys lawr y grisiau. Ac wrth i mi sefyll am George i ddod yng nghar ei ffrind i gario'r llwyth a finnau i'r lle newydd dyma'r gŵr swil yn cadw cwmni â mi a finnau'n tynnu sgwrs ag e am y tro cynta. Dyn ofnadwy o ansicr oedd e.

'Wi ddim wedi bod mewn car modur ond ddwywaith o'r bl'en,' meddwn i, 'ma'n nhw'n 'ala ofon arna i.'

'Sdim eisiau i ti ofni dim,' meddai mewn llais isel.

'Wel, wi'n deithiwr ofnus,' meddwn i, wrth feddwl am rywbeth i'w weud. 'Licswn i ddim mynd lan mewn eroplên nac ar long a gweud y gwir. Gofiwch chi'r *Titanic*? 'Na chi beth ofnadw, ontefe, ac o'n nhw'n gweud ei bod yn amhosib i'r llong honno suddo, on'd o'n nhw?'

Daeth fflach i'w lygaid a sylwais am y tro cynta eu bod nhw'n hynod o las, glas golau.

'Peth od bo ti'n sôn am y *Titanic* nawr,' meddai, 'wath o'n i'n nabod dyn aeth lawr gyda'r llong, dyn adnabyddus hefyd.'

Edrychais i ar y dyn tlawd hwn yn ei ddillad glân ond digon siabi a dwi'n cofio meddwl, 'Sut yn y byd fyddai hwn yn dod i nabod neb o bwys?'

'Gŵr o America o'dd e,' meddai yn atgofus, 'Mr Stead? Y newyddiadurwr. Glywest ti amdano?'

'Naddo,' meddwn i, 'chlywais i erioed ei enw o'r blaen.'

'W T Stead. Daeth e i wrando arna i yn y Rhondda.'

Dyna pryd y gwawriodd arna i fod y dyn hwn wedi drysu'n lân ac roeddwn i'n falch o glywed George yn canu

corn y car modur. Mynnodd y gwallgofddyn ddod i helpu
llwytho'r cerbyd. Trois i ddisgwyl 'nôl arno wrth i George
yrru i ffwrdd. Dyna lle roedd e'n sefyll, yn codi'i law gan
ffarwelio â mi. O'n, ro'n i'n ei nabod e wedi'r cyfan. Ffigur
cyfarwydd iawn, meddai Anti Mair gan syllu ar yr hen lun.

Hardd Wreangyn

Cerddwr chwim yw fy meistr, y bardd. Beth yw'r brys? Ma fe wastad yn bell ar y blaen, yn rhuthro i rywle o hyd. Mae'r meistr yn cwyno byth a hefyd fy mod i'n llusgo 'nhraed, ond y fi a nace'r meistr sy'n cario'r pac, sy'n drwm. Digon hawdd iddo fe droi 'nôl bob hyn a hyn a gweiddi 'Dere 'mlaen!' 'Na gyd ma fe'n gorfod gwneud yw cyfansoddi cerddi a'u canu i ddiddanu'i bobl. Liciwn i fod yn fardd yn canu am ferched ac adar a chlodfori noddwyr o hyd. Ond 'na beth yw bardd – y bardd hwn ta beth – ond dyn bach byr, penfoel, boldew 'da llygaid broga a thrwyn fel colsyn coch. Ac mae'n drewi fel saith 'ewl ac yn yfed cwrw a medd fel pysgotyn. A wi'n gorfod ei ddilyn ef i bobman a bod wrth law a bod ar alwad. Cha i fyth fod yn fardd wath wi ddim yn dod o dras digon uchel a sdim wncwl cefnog 'da fi fel sydd 'da meilord i'n hyfforddi i yn nirgelion cyfundrefn y beirdd i fod yn brydydd yn y lle cyntaf. Felly gwas bach ydw i a gwas fydda i ddyddiau f'oes.

Wir i ti, peth hawdd yw llunio cerddi am Ddyddgu a Morfudd – ond 'se hwn yn sefyll yn y cnawd o flaen y naill neu'r llall, neu unrhyw ferch o ran 'ny, 'sen nhw'n cael haint o'i weld e. Wi'n cael mwy o sylw gan ferched na'r meistr, er taw fi sy'n gweud 'ny. Dyn salw yw e ond o wrando ar ei gerddi 'se ti'n meddwl taw fe yw'r dyn hardda ar glawr y ddaear 'ma. Yn ei feddwl ei hun, falle. Tawn i ond yn gallu odli cái fy meistr ei ddisodli. Ond y gwir amdani yw fy mod i wedi fy rhwymo wrtho gan gadwyni anweladwy. Wi'n gorfod mynd ble bynnag ma fe'n mynd. A hebddo, fe fyddwn i ar goll, yn ddigynhaliaeth, yn amddifad. Felly mae'n naturiol fy mod i'n poeni amdano. Mae'n neud pethau gwirion weithiau, pethau peryglus, annoeth. Mae'n digio rhai ac yn achosi eiddigedd drwy ganu am ei serch tuag at wragedd dynion eraill. Ac mae'n beryglus ennyn casineb beirdd eraill gan fod bardd yn gallu lladd dyn drwy lunio cerdd i'w felltithio. Prin y gallwn i ei amddiffyn rhag dynion mor fawr a phwerus. Ond wi'n gwneud fy ngorau i'w gadw rhag unrhyw anhap. Nid yw'n hawdd achub ei gam bob tro ac yntau mor ddidoreth a lletchwith. Sdim clem 'da fe weithiau i ble 'dyn ni'n mynd. Ble ni'n mynd heddiw 'ma? Yr unig awgrym wi wedi'i gael hyd yn hyn yw'n bod ni'n anelu am ryw ddinas dethol. Gallai hynny feddwl unrhyw le yn y byd a gweud y gwir gan fod meilord yn meddwl bod llecyn yn y coed yn balas pan fo hynny'n ei siwtio. 'Na'r drafferth 'da'r beirdd 'ma, mae twll o le yn gallu ymddangos fel lle crand neu fel tŷ braf i un ohonyn nhw. Creadur dynol ydw i, nace bardd, a wi'n lico lle bach twym, gwely clyd, tân mawr ar noson oer a digon o fwyd yn fy mol. Wi ddim yn gofyn gormod. Ond smo bardd yn meddwl am gysur ti a fi, dim ond am ei gysur a'i gerddi'i hun.

Peth arall, pan fo'r bardd yn ymweld â'i noddwyr a'i ffrindiau yn eu cartrefi sblennydd i ganu'i gerddi mae'r hyn maen nhw'n ei glywed – y noddwyr a'i ffrindiau – maen nhw'n clywed y cerddi wedi'u cwpla fel darnau o waith celfydd gyda'r llinellau a'r odlau a'r acenion i gyd yn y lle iawn ac yn cydweithio'n berffaith. Onid dyna beth yw cynghanedd? Mae popeth yn cyrraedd safonau uchel y pencerdd, ac mae'r uchelwr a'i gymdogion a'i deulu sy'n clywed y gerdd am y tro cyntaf yn meddwl bod y farwnad, neu'r cywydd diolch, neu'r

cywydd gofyn, wedi dod fel'na, fel undod cyflawn. Licsen i
gael gair 'da'r boneddigion 'ma rywbryd a gofyn iddyn nhw
'Chi'n meddwl bod y cywyddau 'na yn dod o'r bardd fel
wyau yn dod o'r iâr, wedi'u ffurfio yn barod?' ac wedyn 'swn
i'n gweud 'Nac ydyn, smo nhw'n dod fel'na.' Pan fo rhywun
yn gofyn am gerdd serch neu am gywydd mawl dyma'r bardd
yn dechrau Diodde. A dim ond y fi sy'n ei weld e'n Diodde.
Ac weithiau mae'n wath na salwch. Yn gyntaf ma fe'n suddo
i ryw ddigalondid ofnadwy ac mae'n poeni a gofidio. Mae
hynny'n golygu fydd e ddim yn cysgu, dim ond yn gorwedd
ar ei wely drwy'r nos dan gonan a mwmian a siarad ag ef
ei hun dan ei wynt. Wedyn mae'n pallu b'yta; wi'n gorfod
ei gocso fe i gymryd tamed − 'Dewch, syr, rhaid i chi f'yta
rwpeth!' − ond mae'n gallu yfed, wrth gwrs, ac *ma* fe'n yfed
hefyd: cwrw, medd, gwin, ta beth sydd wrth law, potelaid,
un ar ôl y llall. O na, smo fe byth yn cael trafferth yfed. Mae
hyn, meddai fe, yn rhoi ysbrydoliaeth iddo fe. Wedyn ma
fe'n cwmpo lawr ac yn cysgu yn ei fedd-dod am oriau. A
wi'n cael peth tawelwch, felly wi'n edrych ymlaen at yr amser
hyn. Wedyn ma fe'n dihuno dan benmaenmawr ac yn conan
ac yn taflu lan ac yn symud yn rhwyfus ar hyd y lle ac yn 'y
mwrw i heb unrhyw esgus yn y byd. Dim llonydd wedi'ny
i mi. Ac yna, bob yn dipyn bach, ma fe'n dod ato'i hun eto
nes iddo gofio bod rhaid iddo gyfansoddi cerdd. A dyma fe'n
conan a rhegi a cherdded 'nôl ac ymlaen, ble bynnag ma fe,
mewn tŷ neu dafarn neu babell neu mas yn y wlad fel heddi.
Ond unwaith ma fe'n dechrau cerdded 'nôl ac ymlaen wi'n
gwbod bod 'na obaith. Peth nesa mae'n tynnu gwallt ei ben
ei hun, wrth gerdded 'nôl ac ymlaen, yn cnoi'i ewinedd, yn
crafu'i ben ac weithiau yn curo'i ben, wir i ti, ma fe'n dyrnu'i
ben ei hun. Wi wedi'i weld e'n gwthio'i fysedd yn erbyn
ei lygaid gan ddal i gerdded 'nôl ac ymlaen. A thrwy hyn

i gyd mae'n neud sŵn yn ei lwnc – dan ei wynt, fel petai
– sŵn rhwng crio a sïo, rhyw udo isel. Mae hyn yn amlwg
yn boenus iddo ac mae'n gallu mynd ymlaen fel hyn am
oriau, dyddiau, wythnos hyd yn oed. Diodde ma fe. Yna, fel
rhywbeth yn torri, mae'r gair a'r geiriau cyntaf yn dod, llinell
gyfan, falle. A dyna fe ar ben y ffordd. Ond wedyn mae'n
mynd i ryw dwymyn wrth i fwy o eiriau, mwy o linellau
ddod, weithiau gydag ysbeidiau hirion rhyngddynt – ac yntau
yn cerdded, cerdded, 'nôl ac ymlaen o hyd, mae'n cerdded
milltiroedd heb fynd i unman – ac weithiau maen nhw'n dod
un ar ôl y llall, dwmbwl dambal. Yn aml mae'n gwrthod y
llinell ddaeth gyntaf neu yn ei newid sawl gwaith. A'r un peth
gyda'r llinellau eraill. Ac yn ara deg, mae'n adeiladu'r gerdd,
fesul llinell a chwpled gan ffitio'r odlau a'u symud o gwmpas
o hyd nes ei fod e'n teimlo'n weddol hapus gyda nhw. Ond
nid yw e byth yn hollol fodlon ac weithiau mae'n newid y
geiriau a'r llinellau cyn cyrraedd cartre'r boneddigion sydd
wedi gofyn am y gerdd. Hyd yn oed ar ôl iddo ganu'r gerdd
mae'n newid pethau. Wi'n gwbod, wath mae'n mynd trwy'r
cyfan o fewn 'y nghlyw i. Ac fel'na mae cerdd yn dod. 'Se
pobl ond yn deall hynny, deall yr holl ddioddefaint ma fe'n
gorfod mynd trwyddo i gael cerdd, 'se nhw ddim mor barod
i chwerthin am ben ei drwyn coch anferth afluniaidd a'i fol
mawr a'i wallt prin. Mae pob cerdd yn costio llawer iddo.

Dyma fe'n gweiddi arna i 'to.

'Co,' meddai fe wrtha i, 'dyna'r dafarn lle ni'n mynd i
sefyll heno. Dere 'mlaen, glou!'

Iago Prytherch yn yr Ysbyty

Wel dyma frwydr arall. Mae'n gallu cerdded hyd y coridor i'r tŷ bach gyda'r cathetr a'r sach o'i ddŵr ei hun ar ffrâm ar olwynion yn gysgod iddo ond mae gweddill y dydd yn ei gyfyngu i'r gadair wrth ochr y gwely ac i'r gwely ei hun yn ystod y nos. Dyma'r dyn a arferai rodio'r caeau gan frasgamu fel cawr. Gorwedd amser yn drwm ar ei ddwylo. Y nyrsys sydd yn ei olchi a'i eillio a'i wisgo, fel pyped, gan nad yw'n gallu gwneud y pethau bach beunyddiol ymarferol hyn ar ei ben ei hun nawr. A'r nyrsys sydd yn ei roi e i eistedd yn y gadair erchwyn gwely yn y bore, fel rhoi cloc ar silff wedi'i weindio. Mae'n ticio ac yn symud ei freichiau, ond dyna'r cyfan. Yn cyfri'r oriau. Dyna ei unig bwrpas.

Ar un ystyr mae'n lwcus: daw cwsg iddo'n rhwydd. Mae'n cysgu drwy'r nos ac yn pendwmpian drwy'r dydd, yn wahanol i'w gyd-gleifion ar y ward. Sylwodd y Sais yn y gwely ar y chwith iddo ei fod e'n siarad drwy'i hun ambell waith a hynny yn Gymraeg bob tro. Mae hyn yn taro'r Sais fel peth hynod. Mae'r Sais wedi gorwedd ar ddi-hun gan wrando arno yn chwyrnu fel injan ddyrnu a gwneud ambell ebychiad annealladwy iddo ef, gefn trymedd nos. Ac i'r Sais, nad yw'n gallu cysgu o gwbl, peth annheg yw'r ffaith fod yr hen ŵr yn pendwmpian yn ystod y dydd yn aml. Hyd yn oed pan fo'r hen foi yn effro mae'n parablu ag ef ei hun a hynny yn

Gymraeg bob tro. Chwarae teg iddo, ar wahân i ambell nyrs sy'n siarad Cymraeg, prin bod neb yn torri gair â'r hen ddyn, hyd yn oed y gŵr canol oed yn y gwely ar y dde iddo sy'n siarad peth tebyg i'r Gymraeg gydag ambell un o'i ymwelwyr. A phan ddaw'r ymwelwyr gyda gwynt y byd allanol i'r ward yn eu sgil yn y prynhawn, ac eto gyda'r hwyr, ni ddaw neb i alw ar yr hen fachgen.

Nid yw hyn yn fanwl gywir; unwaith daeth ei nith (ei or-nith yn dechnegol) gyda phecyn o ddillad ac is-ddillad iddo ond brysiog oedd ei hymweliad a phan grybwyllodd yr hen foi oriau hirion diflas ei unigrwydd, cwta iawn oedd ymateb ei nith.

'Peidiwch â bod yn flin efo fi! Mae tri o blant efo fi cofiwch!'

Ond os oedd yr hen law yn ddigalon yn yr ysbyty, nid oedd hynny yn amlwg i bobl eraill. Wedi'r cyfan, pwy oedd yn galw arno yn y tyddyn? Bron neb. Oni fu'n gorwedd ar y llawr am dridiau cyn i neb yn y cylch sylwi bod rhywbeth o'i le a galw am ambiwlans i fynd ag ef i'r ysbyty? Tawel ac undonog oedd ei ddyddiau gartref. Yma yn yr ysbyty roedd rhyw fynd a dod o hyd: nyrsys a doctoriaid, cleifion yn cyrraedd a chleifion yn ymadael, ambell un yn gweiddi am nyrs, pethau yn blipan drwy'r amser, larwm yn canu bob hyn a hyn, goleuadau yn fflachio, nyrsys yn dod i gymryd ei bwysau gwaed a'i dymheredd a lefel ei siwgr. Ni allai'r hen ddyn gwyno bod dyddiau'r ysbyty yn undonog o gymharu â'i ddyddiau gartref ers iddo orfod rhoi'r gorau i weithio gwell nag ugain mlynedd yn ôl bellach. Daethai'n gyfarwydd ag arferion y ward mewn byr o dro. Nid oedd yn edrych ymlaen at ymweliadau boreol y doctoriaid ffroenuchel nad oedd yr un ohonynt wedi trafferthu dysgu gair o Gymraeg eithr a siaradent ag ef fel petai'n dwpsyn. Nid oedd yn arbennig o hoff o gael ei ddeffro a'i brocio a'i droi yn y bore gan y nyrsys.

Goddefai eu sebon a'u dŵr poeth, eu llieiniau garw, eu ffordd letchwith o wisgo'i ddillad amdano – wedi'r cyfan, pa ddewis oedd ganddo? Eto i gyd, on'd oedd e'n ddiolchgar iddynt? Pa ddewis oedd ganddo? Hen ŵr diymadferth oedd e a rhaid iddo blygu i'r drefn am y tro.

Ond roedd gan fywyd yr ysbyty ei bleserau hefyd. Brecwast. Cinio. Swper. Ar hyd ei oes bu'n hoff iawn o'i fwyd. Yn awr, yn ei henaint, bwyd oedd ei unig hyfrydwch. Unwaith eto, yn hyn o beth roedd yn lwcus; ni allai'r bobl oedrannus eraill ar y ward f'yta'r nesa peth i ddim, ni allent ei stumogi na'i 'gadw i lawr', chwedl y nyrsys. Eithriad oedd e. Er ei fod yn esgyrnog fel hen aderyn fe allai gladdu unrhyw bryd o fwyd. Roedd hyn yn rhyfeddod i rai o'r nyrsys: 'Jiw! Jiw! Ble chi'n dodi fe i gyd, Mr Prytherch?' ond ni chymerai sylw. Er gwaetha plaendra'r arlwy a phrinder blas bwyd ysbyty fe groesawai yntau bob saig. Edrychai ymlaen at ei frecwast: wyau – dim ots pa fath, wedi'u berwi, eu ffrio, eu clapo – bacwn, tost, menyn, marmalêd, jam, sosej, heb anghofio'i de: llaeth, tri siwgr. Llowciai'r cyfan tra gresynai'r Sais yn y gwely nesa na allai stumogi ond un darn o dost sych gyda pheth jam. Nid cynt y gorffennodd ei frecwast nag y breuddwydiai am ei ginio. Yna pan ddeuai'r cinio hwnnw fe sawrai'r cig, y tatws, y llysiau, y bara menyn fel *gourmet* – er y cwynai'i gymdogion ar y ward fel yr oedd y tships wedi cael eu twymo a'u haildwymo mewn meicrodon nes eu bod yn sych grimp, fel yr oedd y llysiau wedi cael eu berwi nes eu bod yn ddim ond dŵr gwyrdd, ac fel yr oedd y cig neu'r pysgodyn yn debyg i wadn rwber – na, iddo ef roedd pob tamaid fel manna o'r nef. Wrth fwyta caeai'i lygaid bron fel petai mewn perlewyg. Troai bob cegaid yn ei ben fel petai'n gorfod sugno pob arlliw o flas ohoni cyn ei llyncu wedi'i dyfal gnoi. Ac âi drwy'r un ddefod gyda'i swper, wedi iddo fod yn edrych ymlaen ato drwy'r prynhawn. A phob tro y cynigid te iddo fe'i derbyniai yn awchus – llaeth a thri siwgr, gyda bisgedi, prin bod angen gofyn iddo. Yn sicr ni châi fwyd fel hyn gartref. Roedd ei nith wedi'i annog i dderbyn pryd ar glud ond am ryw reswm fe deimlai fod hynny yn gardod ac yn gywilydd iddo.

Wedi wythnosau yn yr ysbyty fel hyn ac ar ôl peth llawdriniaeth roedd yr hen frawd yn gwella bob yn dipyn bach. Gwelsai sawl un yn dod i'r ward mewn poen ddirfawr, yn cael triniaeth ac yn gadael o fewn dyddiau. Ond roedd yntau'n hŷn ac arafach oedd ei wellhad. Serch hynny, doedd dim amheuaeth ei fod am wella wedi'r cyfan, er mawr syndod i'r doctoriaid ac ambell nyrs (er nad oedd yr un ohonynt wedi crybwyll hynny) ac i'w nith. Roedd yr hen sgerbwd yn gryfach ac yn ddycnach na'i olwg, roedd hynny'n amlwg. Fe'i gwnaed o ddeunydd cadarn ac roedd growndwal o nerth yn perthyn iddo nad oedd yn amlwg i bobl eraill.

'Cewch chi fynd adre cyn bo hir, Mr Prytherch,' meddai'r nyrsys, heb lawn sylweddoli beth oedd hynny'n ei olygu, er nad oedd ei sefyllfa fel person oedrannus yn unigryw o bell ffordd. Serch hynny, roedd y frwydr wedi'i hennill, i bob pwrpas, tan y frwydr nesa.

Fe drefnwyd i'w nith ddod i'w gasglu.

Go brin fod neb wedi dod i wybod hyn ond fe gawsai'i ddychryn. Ar y dechrau, pan ddaeth i'r ysbyty gyntaf, fe deimlai'n sicr fod popeth ar ben iddo. Ond nid felly y bu. Dyma fywyd yn ymagor o'i flaen o'r newydd fel petai. Bywyd heb nyrsys na chleifion na mynd a dod na phethau yn blipan na goleuadau yn fflachio. A heb dri phryd o fwyd rheolaidd y dydd. Roedd y syniad o orfod ailafael yn ei hen ffordd o fyw gartref yn peri pryder mawr iddo. Ond cyn iddo wynebu'r frwydr honno fe gymerai baned arall o de, llaeth a thri siwgr a bisgedi, does dim eisiau gofyn.

Iolo yng Ngwlad yr Haf

Cerddasai Iolo Morganwg a'i gaseg, Nel, yr holl ffordd o Drefflemin i Wlad yr Haf ac yn fuan iawn fe fyddai'n rhaid iddyn nhw gerdded yr holl ffordd yn ôl. Ond roedd ganddyn nhw sawl gorchwyl arall, sawl ymweliad arall i'w wneud eto cyn ymadael.

Nid yw'n hollol glir nawr beth yn union oedd pwrpas Iolo yn yr ardal hon yn 1797; ni cheir unrhyw gofnod am yr ymweliad mewn dyddiadur na llythyr o'r eiddo. Digon posib fod ei ymdaith a wnelo â'i alwedigaeth fel saer maen ond, afraid dweud, ar ei ffordd achubodd ar y cyfle i alw mewn sawl tŷ mawr gan edrych ar nifer o lawysgrifau diddorol ac archwilio creiriau anghyffredin. Wedi dweud hynny, er iddo sefyll yng Nghaerloyw, Bryste, Ynys Afallon (a oedd yn dipyn o siom iddo), Bridgwater a Minehead, prin oedd gwerth ei gasgliadau y tro hwn – hyd yn hyn (ac yntau eisoes wedi penderfynu y byddai'n ymweld â llefydd gwahanol ar ei ffordd adre ar hyd llwybrau eraill) ni welsai'r un gerdd na stori na nodyn yn Gymraeg. Serch hynny fe deimlai fod Gwlad yr Haf yn dal i fod yn perthyn i'r Celtiaid, ac i'r Brythoniaid yn benodol, yn rhan o Gymru i bob pwrpas: yr hen Gymru dderwyddol, wrth gwrs. Felly, roedd e'n dal i deimlo'n obeithiol y deuai ar draws rhywbeth hynafol a fyddai o werth aruthrol iddo eto.

Er mor ddieithr oedd y Wlad Hafaidd hon fe berthynai iddi

(ar yr un pryd â'i hestroneiddrwydd) ryw naws Gymreigaidd a chyfarwydd. Felly, hyd yn oed yn y pentre diarffordd hwn, heb fod yn bell o lan y môr, lle bu ef a Nel yn aros ers rhyw bythefnos bellach, roedden nhw'n hapus i osod eu pabell, am y tro. Ym mêr ei esgyrn fe deimlai fod enw'r hen le yn Geltaidd – yn Frythonig, yn wir – ond doedd e ddim wedi gweithio mas yr elfennau eto. Ac fe deimlai yn ddigon cartrefol yma yn y Ship Inn, bron fel un o'r pentrefwyr brodorol yn barod. Roedd yn fwriad ganddo gario yn ei flaen nes cyrraedd Cernyw er mwyn clywed chwaer-iaith y Gymraeg ond roedd e wedi newid ei feddwl dros nos. Roedd yna lyfrgell dda yn Worthy Manor yn ôl un o'i ffrindiau newydd, Mr Allen, un o drigolion y pentre a fynychai'r dafarn yn rheolaidd, ond gŵr bonheddig a diwylliedig serch hynny. Ar ei anogaeth ef penderfynodd Iolo ymweld â'r eglwys er mwyn gweld cerflun ysblennydd mewn alabastr o Syr John Harrington a'i wraig, un o farchogion Agincourt a fu farw yn Ffrainc yng ngwasanaeth y Brenin Harri'r V. Ond gwell na hynny hyd yn oed, daethai Iolo i gysylltiad â bardd ifanc diddorol yn y dafarn a thrwy ryw gyd-ddigwyddiad neilltuol roedd y ddau ohonyn nhw'n defnyddio'r un feddyginiaeth. Gwerthodd Iolo beth o'i gyflenwad i'r llenor y noson gyntaf i'r ddau gyfarfod a gaddo dod i alw arno yn y ffermdy lle roedd e'n aros gydag ychwaneg o fewn y dyddiau nesaf. Ar hynny fe ffurfiodd Iolo ei amserlen gogyfer gweddill ei ymweliad â Gwlad yr Haf yn ei ben; fe âi i'r eglwys i weld y cerflun, fe alwai yn y Maenordy er mwyn gweld y llyfrgell gan obeithio y byddai yno rywbeth o werth iddo y tro hwn, ac yna fe alwai ar ei ffrind, ei gydenaid o fardd (ac roedd ganddo rywbeth i'w rannu ag ef), cyn ymadael â'r sir. Cynllun ardderchog.

Ond nid fel'na y daeth hi mas. Y bore hwnnw ffarweliodd â'r hen Ship a fu'n gartref mor hynaws iddo dros dro, yn gartref oddi cartref yn wir. Yna fe aeth i'r eglwys. Yno i gyfarfod ag ef wrth y porth roedd y curad – gŵr cul, surbwch, heb arlliw o groeso yn ei groen. Mynegodd Iolo ei ddymuniad i fynd i mewn i weld cerflun Syr John Harrington. Mae'n anodd dweud nawr beth yn union a ddigwyddodd, dros ddwy ganrif yn ddiweddarach, ond cafodd Iolo ei droi i ffwrdd mewn ffordd anghwrtais a diseremoni. Gadawodd yr eglwys â'i grib wedi torri. Pwdodd. Brifwyd ei deimladau. Creadur croendenau oedd Iolo Morganwg yn y bôn. Wrth gyrchu Worthy Manor troes y sarhad drosodd a throsodd yn ei feddwl; casineb geiriau'r curad! Teimlai'n falch o gwmni Nel, yr unig un yn y fro ddieithr hon a ddeallai'r Gymraeg, ac fe rannodd ei becyn gofid â hi.

Ac unwaith yn rhagor, pan gyrhaeddodd y tŷ mawr, am ryw reswm nad yw'n glir nawr drwy niwl y canrifoedd, cafodd ei wrthod. Dyma'r ail dro felly y diwrnod hwnnw iddo gael ei drin fel baw isa'r domen at ddiben oedd yn gwbl ddirgel ac annealladwy iddo ef. Wedi'r cyfan, onid oedd yntau, Iolo Morganwg, yn ymgorfforiad o gwrteisi a boneddigrwydd ar bob achlysur? Dyma dramgwydd arall i'w borthi. Hiraethai am Gymru ac am ei fro annwyl ei hun – 'Sir Forgannwg sy'n cael clod am garu bod yn llawen,' canodd ar ei ffordd i weld ei ffrind newydd lle roedd yn ffyddiog y câi groeso. Gellid manylu yma ar hyfrydwch y tywydd a disgrifio pertrwydd y blodau gwyllt a pherseinedd yr adar mân nes iddo gyrraedd y ffermdy lle roedd ei gyfaill yn aros, ond ni wneir hynny.

Pan gurodd wrth y drws go brin y daeth ei ffrind, y bardd ei hun, i'w ateb. Mae'n debyg mai gwraig y ffermdy agorodd iddo, un o fenywod cyffredin y fro; gellir dychmygu ei hwyneb coch, ei breichiau mawr cnawdol, ei bonet a'i ffedog. Nid oes modd bod yn hollol bendant ynglŷn â'r digwyddiadau nesaf ond mae 'na le i gredu y byddai Iolo wedi gofyn am gael gweld ei ffrind gan ei gyflwyno'i hun fel Mr Edward Williams a adnabyddid hefyd fel Iolo Morganwg, y bardd a'r hynafieithydd a'r saer maen. Ni fyddai hynny wedi golygu dim i'r wraig dda hon a byddai hithau wedi gofyn o ble y daethai y diwrnod hwnnw. Byddai Iolo wedyn yn ei ffordd neilltuol ei hun wedi esbonio ei fod e wedi dod yr holl ffordd o Gymru, o Sir Forgannwg yn benodol, ac o Drefflemin a bod yn fanwl, ond iddo fod yn sefyll yn y Ship yn Porlock tan y bore yma. Byddai'r wraig wedyn, Mrs Perkins i roi iddi ei henw ei hun, wedi gweiddi lan y grisiau fod dyn o Porlock i weld y bardd.

Cafodd Iolo fynediad i'r llofft i weld ei gyfaill, fel y gwyddys, ac fe dreuliodd y ddau well nag awr yng nghwmni'i gilydd. Nid yw'r cofnodion yn dweud hyn ond fe werthodd Iolo gyflenwad o lodnwm i'r bardd – a gweud y gwir dyna oedd amcan Iolo, gwneud tamaid bach o elw cyn mynd yn ôl i Gymru. Dyna hefyd yr unig reswm pam y cytunodd y bardd i weld y dieithryn; nid oedd honiad y dyn bach esgyrnog a drewllyd hwn iddyn nhw gyfarfod y noson o'r blaen mewn tafarn yn golygu dim iddo. Talodd am ei becyn, peth yr oedd yn ddigon diolchgar amdano, a brysiodd i gael gwared â'i ymwelydd annisgwyl ac annymunol er mwyn cael ailafael yn ei waith.

Synhwyrodd Iolo oerni ymddiddan y llenor felly ymesgusododd pan oedd hynny'n briodol a gadael gan ddiolch fod yr hen Nel ffyddlon, ei unig wir ffrind yn y Wlad Aeafol hon, yno yn ei aros wrth ddrws y ffermdy. Caewyd y drws ar ei ôl gan Mrs Perkins gyda chlep. A chychwynnodd Iolo a Nel, ochr yn ochr, ar eu taith hir yn ôl i Gymru.

Kate Roberts a'r Ystlum

Rhoes y cyngor lampost ar y lôn heb fod yn bell o'r Cilgwyn. Roedd Dr Kate – fel yr oedd rhai yn ei nabod hi erbyn hyn – yn ddigon diolchgar amdano (er nad oedd hi'n cyd-fynd â phob peth yr oedd y cyngor yn ei wneud) oherwydd roedd y lôn honno yn ofnadwy o dywyll, yn enwedig yn ystod yr hydref. Nawr roedd hi'n gallu gweld yn well wrth fynd â Bob am dro gyda'r hwyr. Ac un noson, wrth iddi fynd â'i hen ffrind am ddefod feunos, fe wibiodd rhywbeth heibio golau'r lampost. Ai aderyn oedd e? Edrychodd ac fe wibiodd y creadur drwy belydrau'r lamp eto. Ac fe sylweddolodd yr awdures nad aderyn mohono ond ystlum. Ehedai'n gris-groes o flaen cylch melyn y lamp; mewn a mas o'r düwch o'i amgylch. Mor chwim ydoedd fel na allai weld unrhyw fanylion; yn wir, ni allai weld unrhyw adenydd yn symud, doedd yna ddim pen na chlustiau na chorff i'w nodi fel yn y lluniau o ystlumod a welsai mewn llyfrau. Mor ebrwydd y symudai'r anifail bach. Pe bai hi wedi sôn am un mewn stori fer fe fyddai hi wedi'i ddisgrifio drwy ddweud ei fod 'fel mwstásh yn hedfan'. Afraid dweud, fel merch y wlad fe welsai Kate Roberts ystlumod o'r blaen ond ddim yn aml yn ddiweddar. Bob noson ar ôl y tro hwnnw fe fyddai'n edrych am yr ystlum. A phan fyddai'r tywydd yn braf ac yn sych fe fyddai'n ei weld yn amlach na pheidio. Dim ond un ystlum oedd i gael, hyd y gallai hi farnu, ond gan fod y creadur yn fflachio heibio mor sydyn ac yn ymdoddi i'r tywyllwch roedd yna bosibilrwydd fod sawl ystlum yn mynd a dod un ar ôl y llall. Bid a fo am hynny, roedd Dr Kate yn hoffi meddwl mai un ystlum oedd yno ar ddyletswydd wrth y lampost hwn bob nos a daeth i feddwl amdano fel ei hystlum arbennig hi a Bob – er na chymerai hwnnw unrhyw sylw o'r peth bach aflonydd yn yr awyr dywyll. Tybiai Dr Kate fod gwybed a phryfed bach yn cael eu denu at y golau ac mai am ei fod yn clywed rheini y deuai'r ystlum at y lampost mor aml.

'Ystlum' oedd un o'i hoff eiriau yn yr iaith. Meddyliodd am rai o'i hoff eiriau, geiriau na châi gyfle i'w defnyddio'n aml ond pan bregethai wrth y ci – ffaligragwd, ansbaradigaethus, gyrbibion ulw, straffaglio, strim stram strellach, pendramwnwgl, holwyddoreg, chwyrligwgan, seidogyll, rhupynt. Ond erbyn meddwl, 'ystlum' oedd y gorau un. Swniai'r 'u' bedol yn hylifog ar ôl yr 'l' – ystlum. Hoffai ymestyn yr 'u' bedol fel petai'n chwarae â hi, fel peth blasus yn ei safn – 'stluuuuum. Wrth gwrs, 'stlum' fyddai pobl yn ei ddweud nid 'ys-tlum' fel yn y geiriadur. Roedd rhai yn dweud 'sclum' neu 'sglum' yn eu tafodiaith ond doedd hi ddim mor arbennig o hoff o'r ynganiad hwnnw. Stlum oedd y gair iawn, ac oedd, yn sicr roedd yn un o'i hoff eiriau. Stlum, stlum, stlum. Roedd hi wrth ei bodd yn ei ddweud drosodd a throsodd gan ei droi yn ei phen fel fferen. Gresynai nad oedd yn fardd fel y gallai lunio cerdd er mwyn amlygu sŵn hyfryd, pleserus y gair. Ac yna fe sylwodd ar beth od iawn; er bod nifer o eiriau braf i'w cael oedd yn odli gyda stlum – burum, trum, ystum – nid oedd yr un ohonynt mor amheuthun o flasus-ogleisiol a gwefreiddiol â stlum ei hun. Dyna un o ddirgelion iaith yn sicr.

Bob tro y gwelai'r stlum wrth ei gorchwyl fin nos gyda Bob fe âi'r ystyriaethau hyn drwy'i meddwl; chwaraeai gyda'r gair, gresynai na allai mo'i ddefnyddio mewn cerdd a gorffennai'i myfyrdod bob tro gyda'r pos nad oedd geiriau unodl ag ef mor bersain. Aethai'i meddwl i rigol gydag orbid cyfyng y creadur.

Un noson wrth i Dr Kate fynd â Bob ar hyd y lôn cyn noswylio, dyma ddwy o'i chymdogion yn pasio dan y lampost yr un pryd â hi.

'Noswaith dda, Mrs Williams,' medden nhw gyda'i gilydd.

'Ew! Welest ti hwn'na?' meddai un. 'Beth oedd o deud? *Bat* dwi'n meddwl.'

'Ie, *bat* oedd o,' meddai'r llall. 'Maen nhw'n fflytran fan'cw dan y lampost.'

'Dwi bob amser ofn cael un wedi'i ddal yn 'y ngwallt.'

'Stlum!' ebychodd Kate Roberts gan sefyll yno dan y golau, Bob wrth ei thraed fel petai yn ei hamddiffyn hi.

'Be?' gofynnodd y ddynes gyntaf, ei bochgernau yn crynu gan benbleth.

'Stlum!' saethodd Dr Kate y gair atynt eto.

'Beth mae'n deud?' meddai'r ail gan droi at ei ffrind fel pe bai'r llenor yn fyddar. 'Dwi ddim yn dallt beth mae hi'n treio deud, wyt ti?'

'Y gair Cymraeg am y creaduriaid bach hedegog 'na,' meddai'r nofelydd gan bwyntio lan at y golau gan nad oedd stlum i gael ar y pryd, 'y gair amdanyn nhw yw "ystlum" neu "stlumyn".'

'Wel, wel, gair od yntydi?' meddai'r wraig gyntaf.

'Dydi o ddim yn debyg i air go iawn,' meddai'i ffrind. 'Sut 'dach chi'n ei ddeud o 'to?'

'Stlum,' cydymffurfiodd yr awdures.

'Gair stiwpid!' meddai'r ddynes gyntaf ac ar hynny chwarddodd y ddwy gan symud i ffwrdd a dymuno noswaith dda i'r llenor.

Aeth Dr Kate yn ôl i'r Cilgwyn, ei chythraul wedi codi.

'Hen wragedd gwirion bost! Mae mwy o synnwyr yn dy ben di, Bob, wir i ti!'

A thrwy'r nos ni allai anghofio'r ddwy fenyw, ni allai gysgu yn wir wrth feddwl am eu dylni.

'"Gair stiwpid",' meddai gan ddynwared yr un a ddywedodd hynny. '"Dydi o ddim yn debyg i air go iawn",' meddai gan wneud y llall, '"gair od", wir. Beth sydd mor arbennig am y gair Saesneg "bat"?'

Prin y gallai gredu bod y Gymraeg wedi symud mor bell o afael y rhai oedd yn dal i'w siarad. Eisteddodd yn ôl yn ei chadair ar bwys y tân, wedi codi o'i gwely, wedi rhoi'r gorau i geisio cysgu. Pan ddigwyddai peth fel hyn fe deimlai'n falch ei bod hi'n hen, er gwaetha ei holl boenau a'i hanhwylderau a'i hunigrwydd enbyd.

'Mae'r byd i gyd yn bwdr,' meddai wrth Bob, yr unig un oedd wedi ei deall hi'n iawn erioed, 'mae popeth yn pydru, yn wir, a does dim diwylliant i'w gael. Dwi'n falch bod fy mywyd yn dirwyn i ben, dwi ddim eisio cymryd rhan mewn dim eto.'

Ond yna edrychodd draw at y silff lle roedd ei llyfrau'i hun gan gynnwys ei chyfrol ddiweddara, newydd ei chyhoeddi, *Hyn o Fyd*. Prin y gallai ddioddef y syniad na fyddai neb yn eu darllen mewn amser i ddod. Edrychodd ar ei chasgliad o lyfrau eraill a gweld *Y Mabinogi*, *Llyfr y Tri Aderyn*, *Y Bardd Cwsc*, *Gwaith Dafydd ap Gwilym* Thomas Parry, gweithiau Saunders Lewis a DJ a Bob Parry a Thomas Parry-Williams, pwy oedd yn eu darllen? Nid y merched 'na heno 'ma, ar eu ffordd i ble? Bingo mae'n debyg. A phwy fyddai'n eu darllen yn y dyfodol? Nid yr hogiau Nedw y byddai hi yn eu gweld ar hyd y dre. Pa obaith oedd i'r Gymraeg? Sawl gwaith oedd hi wedi rhoi sylw i'r cwestiwn hwnnw yn *Y Faner*? Ond doedd neb yn cymryd sylw. Roedd hi fel gwthio berfa lawn llechi i fyny'r Wyddfa. On'd oedd y Cymry yn debyg i stlumod, yn methu clywed na gwerthfawrogi'u hiaith eu hunain, yn methu ymhyfrydu yn ei pherseinedd − stlum, roedd *bat* yn well ganddyn nhw − ac roedden nhw'n cael eu denu gan sŵn a goleuni llachar yn hytrach na llenyddiaeth a barddoniaeth a chelfyddyd. Oedd, yn sicr roedd yna ddeunydd cerdd yn y ddelwedd honno. Cododd ac aeth at ei desg. Edrychodd ar y cloc, roedd hi'n hanner awr wedi tri o'r gloch yn y bore. Ond doedd dim gwahaniaeth, fe luniai hi gerdd. Eisteddodd gan syllu ar y papur gwyn o'i blaen hi, ei phin yn barod yn ei llaw.

'"Dydi o ddim yn debyg i air go iawn", doedd y ddynes 'na ddim wedi clywed y gair o'r blaen a hithau yn ei deugeiniau. "Gair stiwpid", a hithau'n mynd i'r un cwrdd â finnau. A'r ddwy yn chwerthin fel ffyliaid heb ddim yn eu pennau.'

Edrychodd ar y cloc eto. Roedd hi'n chwarter i bump. A dim gair ar y tudalen gweili.

'Amser rhoi cynnig ar y gwely eto, Bob,' meddai. Ac wrth iddi ddringo'r grisiau roedd rhywbeth rhwng breuddwyd a stori wedi dechrau ffurfio yn ei meddwl.

Plentyn y Stryd

1771. Pa mor bell yw Lerpwl o Gymru os oes rhaid cerdded yr holl ffordd? Roedden nhw wedi gadael Cymru yn deulu cyflawn, mam, tad, chwech o blant, a hynny ar ôl aros mewn sawl lle; cawsant eu symud dro ar ôl tro fel na allai'r plant gofio am un lle arbennig fel cartref. Dim ond y fam a'r tad a'r plant hŷn oedd yn deall y rhesymau dros y symud parhaus hwn. Landlordiaid creulon, tirfeddianwyr didrugaredd, arweinwyr calongaled y plwy. Gydag iddyn nhw gyrraedd lle a dadbacio bydden nhw'n gorfod hel eu pac eto a chwilio am le arall i aros. Annifyr oedd hyn i'r rhai hŷn a oedd wedi cael blas ar sefydlogrwydd beth amser yn ôl, ond i'r rhai bach roedd symud yn rhan o natur bywyd. Er hynny, roedd chwant bwyd yn rhywbeth na allai neb ddod yn gyfarwydd ag ef. Daethai'r tad yn hen law ar ddal cwningod, adar gwyllt a llygod mawr a'r fam yn feistres ar eu paratoi a'u coginio ar dân wedi'i gynnau o briciau wedi'u casglu gan y bechgyn. Ond ychydig o gig oedd i'w gael ar lygod ac anifeiliaid bach y maes. A phan oedd y tywydd yn gas, a hwythau heb do uwch eu pennau a heb ddillad ond y carpiau amdanyn nhw, dyna pryd oedd hi waetha. Dyna pryd y byddai'r tad a'r fam yn ffraeo ac yn dweud pethau cas y naill wrth y llall. On'd oedd e bob amser yn ddigon ystrywgar i gael ceiniogau i brynu potel i'w hunan? On'd oedd hithau'n ddigon twp i feichiogi eto? Ar bwy oedd y bai am hynny? O ble fyddai'r tamed nesa yn dod i fwydo'r plant? I ble oedden nhw'n mynd? Be 'se un o'r babanod yn marw?

Rhywsut mas o'r ffraeau hyn y lluniwyd y penderfyniad i gerdded i Lerpwl. Wedi'r cyfan, on'd oedden nhw wedi cael eu hel o le i le drwy'r gogledd nes cyrraedd y gororau? Doedd dim dinas noddfa i'w chael yn eu mamwlad, felly beth oedd i'w golli o symud ychydig ymhellach nes cyrraedd Lerpwl? On'd oedd Lerpwl yn dref fawr ac yn borthladd? On'd oedd mwy o bosibiliadau i'w cael mewn lle fel'na? Ond un peth oedd penderfynu mynd i Lerpwl, peth arall oedd ei chyrraedd ar draed, yr wyth ohonyn nhw a thri ohonyn nhw'n fabanod i bob pwrpas. Roedd y ddwy ferch fach yn wan ac yn gwanychu. Ond roedd y crwtyn yn dal yn gymharol gryf o hyd, er mawr ryfeddod iddyn nhw. Roedd rhyw ruddin yn perthyn iddo.

Ni ddaeth anffawd i'w rhan cyn iddyn nhw adael Cymru.

Yn fuan ar ôl i'r teulu groesi'r ffin i Loegr – heb yn wybod iddyn nhw gan nad oedd unrhyw farc nac arwydd ar y llawr i ddangos y gwahaniaeth rhwng y naill wlad a'r llall – ar ôl croesi'r ffin fe lewygodd y ferch fach ym mreichiau'i mam ac ni ddaeth ati'i hun byth eto. Fe'i claddwyd (yn sgerbwd cyn iddi farw) dan berth yn y fan a'r lle, ac ymlaen â nhw heb edrych 'nôl. Roedd enbydrwydd bywyd wedi'u bwystfileiddio a'u caledu. Nid oedd gan yr un ohonyn nhw alar na gofid ar ôl y baban. I'r rhieni roedd eu baich yn ysgafnach, llai i'w bwydo. Ac roedd y plant eraill yn flinedig, yn oer, yn wan, eu traed yn brifo a'u boliau yn gwingo. Yr unig un oedd fel petai'n prifio oedd y crwtyn.

Ac yn wir, yn y dref fawr roedd bywyd yn haws. Roedd llawer mwy o gyfleoedd yn ymgynnig iddyn nhw; llefydd i sefyll, gwaith i'r tad a'r bechgyn, bwyd i'w gael drwy fegera a dwyn. Wedi dweud hynny, roedd pob gwaith yn jobyn diddiolch a chaled, roedd pob tamaid yn weddill ar ôl pryd rhywun arall a doedd dim to i'w gael ond lle i gysgodi dros dro ac i gwato rhag y tywydd. Doedd dim byd y gellid ei alw yn gartref i'w gael i deulu mor dlawd â hwn. Serch hynny, fe gododd eu gobeithion. On'd oedd yna longau yn gadael y porthladd bob dydd am wledydd eraill, gwledydd twymach lle roedd modd i deulu ddechrau o'r dechrau ac o'r newydd? Gwledydd gydag enwau swynol a dieithr – Sbaen, Portiwgal, Virginia, New Amsterdam, Quebec. On'd oedd hi o fewn eu gallu wrth weithio gyda'i gilydd i'r tad ac i'r brodyr mwya grafu digon o arian ynghyd dros y dyddiau nesa i dalu un o'r llongau i'w cario nhw i gyd i lannau un o'r gwledydd pellennig rheini ac i fywyd newydd?

Ac felly fe grwydrai'r fam y strydoedd gyda'r ferch fach a'r crwtyn tra byddai'i gŵr a'r meibion yn mynd mas gan gymryd eu siawns ar unrhyw waith a gynigid iddyn nhw. Ni fyddai hi'n gofyn unrhyw gwestiwn; petaen nhw'n dwyn arian, yn pigo pocedi, bid a fo am hynny. Nid oedd hithau uwchlaw mynd ymlaen at unrhyw fenyw neu ddyn cefnog yr olwg a gofyn am geiniog neu ddwy i brynu crwstyn i'w phlant bach. Gyda'r nos fe fydden nhw'n dod ynghyd ac yn chwilio am unrhyw adfail neu adeilad gwag lle gallen nhw guddio tan y bore. A dyna pryd y bydden nhw'n cyfrif enillion y dydd. Roedd trefn y dyddiau a'r nosweithiau hyn yn bell o fod yn ddymunol ond, bob yn dipyn bach dros yr wythnosau, fe lwyddodd y teulu i gael swm digonol i dalu i fynd i New Amsterdam – dyna oedd y lle gorau i fynd meddai'r bechgyn.

Heb drafodaeth fe ddeallodd y tad a'r fam fod yr amser wedi dod i adael. Nawr amdani.

Roedd hi'n fore prysur pan ymlwybrodd y teulu drwy'r dorf gyda rhai yn gwneud marchnad ar bwys yr harbwr.

Roedd y ferch fach yn dost ym mreichiau'i mam. Pesychai'n aml. Ofnent y byddai hithau'n mynd yr un ffordd â'i chwaer. On'd oedd plant bach yn marw'n aml ar y teithiau hirfaith ar y llongau hyn? Ond doedd dim dewis nawr ond cario ymlaen. Dyna'r llong yn aros amdanyn nhw. Heidiai teuluoedd eraill o'u cwmpas, yn ymwthio i'r un cyfeiriad, rhai gyda mwy o blant. Yn wir, roedd yna blant ym mhob man, a mwstwr yr ieithoedd cymysg yn fyddarol. Gafaelai'r crwtyn yn llaw un o'i frodyr. Roedd hi'n dagfa wrth i'r genfaint yma nesáu at y llong. Cwympodd un o'r menywod dan draed gan achosi cythrwfl bach o'i chwmpas ac yn y dryswch fe lithrodd llaw fach y crwtyn o afael ei frawd. Fe lyncwyd ei deulu'n sydyn gan y fintai ac yn eu hawydd i gyrraedd y llong ni sylwodd ei dad na'i fam ar ei absenoldeb.

Er ei sgrechiadau ni throes neb yn ôl – ond â bod yn deg roedd yna lawer o blant eraill ac ambell fenyw yn sgrechian a llefain am y gorau ac roedd yna ddigon o weiddi i fyddaru'r meirw. Ni allai'r crwtyn wneud unrhyw ffordd rhwng y cotiau a'r coesau a'r bocsys a'r pacedi. Yna, fe sylweddolodd ei fod ar goll yn llwyr, wedi'i ddatgysylltu oddi wrth bob aelod arall o'i deulu ac nid oedd yn siŵr yn awr i ba ffordd roedd e'n mynd. Fe'i meddiannwyd gan deimlad arswydus o wacter. Ni allai ddal ei wynt fel y gallai gynhyrchu sgrech nac unrhyw sŵn eto o ran hynny. Fe'i dallwyd gan ei ddagrau'i hun. Ac fe ddaeth rhyw benwendid drosto ac yna düwch.

Pan ddeffrodd a chanfod ei hun yn gorwedd ar y stryd roedd yna ddigon o bobl yn mynd a dod o hyd ond dim tagfa fel o'r blaen, a phan edrychodd draw at yr harbwr lle bu'r llong y dangosodd ei frawd iddo roedd hi wedi diflannu. Roedd yna longau eraill, wrth gwrs, ond doedd dim golwg o'r un yr oedd ei deulu ef wedi cyrchu tuag ati. Unwaith yn rhagor fe deimlai'i hun yn cael ei lyncu gan bydew enfawr gwag. Bu ond y dim iddo lewygu eto. Fe aethent hwy a'i adael ar ei ben ei hun. Ond er gwaetha'r teimlad o amddifadrwydd ac anobaith fe ymchwyddodd ynddo fflam cynddaredd. Rhoes hynny ddigon o nerth iddo sefyll ar ei draed eto. Ar y naill law fe brofodd ansicrwydd ac unigrwydd ofnadwy yn sgil y gwahanu ohono oddi wrthyn nhw ond ar y llaw arall, pe bai ei deulu wedi dod yn ôl amdano y funud honno fe fyddai wedi rhedeg i ffwrdd. Er ei fod yn blentyn bach fe benderfynodd y byddai'n gwneud ei ffordd ei hun ar ei ben ei hun yn y byd mawr dieithr ac arswydus hwn.

Crwydrodd y strydoedd gan gardota a dwyn fel llawer o blant eraill y dref, dyna'r unig ffordd i oroesi. Nid oedd yn gallu dilyn amser felly doedd dim amcan ganddo pa mor hir y bu'n byw fel hyn. Rhedodd y dyddiau a'r nosweithiau i'w gilydd, un ar ôl y llall heb ddim i'w gwahaniaethu. Roedd yn gorfod cael tamaid i'w fwyta ond roedd yn ofni cael ei ddal.

Bob yn dipyn roedd y cof am ei deulu'n pylu. Gwelw oedd y cof am wynebau'i dad a hyd yn oed ei fam, heb sôn am ei frodyr a'i chwaer fach, a chyda hynny roedd yr hiraeth amdanyn nhw'n colli'i fin. Nid oedd yn cofio dim am ei gefndir, dim ond ambell frith gof oedd ganddo am y daith hir i Lerpwl, ac roedd iaith ei deulu yn cael ei disodli gan ambell ebychiad yn iaith y dref. Roedd yn byw ac yn ei fynegi'i hun fel rhywbeth rhwng creadur dynol ac anifail gwyllt. Gwibiai o gornel i gornel, o gysgod i gysgod fel llygoden. Ac erbyn hyn roedd ei draed a'i ddwylo, ei wyneb a'i groen, i gyd wedi magu haenau o fryntni nes ei fod yn ddu yr olwg. Am ei ben ac o gwmpas ei ysgwyddau roedd ei wallt yn fwng o glymau a chudynnau cedenog. Yn naturiol, wrth weld y creadur hwn byddai'r rhan fwya o bobl yn ei yrru i ffwrdd, yn poeri arno, yn taflu cerrig ato, yn hala'r cŵn arno. Roedd ganddo ddigon o reswm i ofni pob un ac i drystio neb. Peth dieithr iddo oedd caredigrwydd.

Ei elynion gwaetha oedd gwendid o ddiffyg bwyd maethlon a blinder. O bryd i'w gilydd fe'i gorfodid i ildio iddyn nhw ac fe fyddai'n gorwedd yn y fan lle roedd e ar y pryd.

Wedi dyddiau gyda'r nesa peth i ddim i'w fwyta fe syrthiodd i'r llawr dan un o'r pyliau hyn o lesgedd, ac mae'n eitha posibl y byddai wedi marw o newyn lle roedd e. Prin y sylwodd ar y dieithryn yn dod ato ac yn ei ysgwyd ac wedyn yn holi pobl ar y stryd amdano. Doedd neb yn gwybod pwy oedd e a doedd dim ots gan yr un ohonyn nhw beth bynnag. Cododd y dyn dieithr y crwtyn yn ei freichiau a'i lapio yn ei got fawr. Nid oedd ganddo unrhyw nerth i wrthwynebu'r gŵr bonheddig. Derbyniodd gynhesrwydd ei ddillad a phwysodd ei ben ar ei ysgwydd ac aeth i gysgu.

Roedd gan y gŵr siwrnai hir a chysgodd y crwtyn bron yr holl ffordd. Roedd wedi gaddo dod â theganau o Lerpwl i'w blant: crwth i'w fab a chwip i'w ferch.

Y Seiffr

Dwi ddim yn cofio pryd nac ymhle y clywais am lawysgrif Royvich yn gyntaf, ond dwi yn gwybod ei bod hi, bellach, wedi dod yn rhan o frethyn fy mywyd. Fe deithiais i'r holl ffordd i America yn unswydd er mwyn ei gweld hi dro yn ôl gan fod y llyfr i'w gael yng nghasgliad Llyfrau Prin a Llawysgrifau Beinecke ym Mhrifysgol Iâl. Mae llungopïau lliw gyda fi o bob un o'r ddau gan tudalen.

Er bod rhai o'r tudalennau yn ddigon lliwgar, eithaf anniddorol yw'r llawysgrif ar yr olwg gyntaf: dim ond darluniau o flodau a ffigurau bach amrwd noethlymun. Ond, unwaith eich bod yn sylweddoli nad yw'r rhan fwyaf o'r planhigion yn bodoli, yna mae'n dechrau ennyn chwilfrydedd. A'r dirgelwch mawr wedyn yw beth yw'r holl nodiadau ysgrifenedig sydd ynddi? Tudalennau ar dudalennau nad oes neb yn y byd, hyd yn hyn, wedi llwyddo i'w darllen na'u dehongli, a hyn i gyd mewn iaith nad oes neb yn gwybod dim amdani, nac yn gwybod pa iaith yw hi, hyd yn oed.

Pan glywais i'r awgrym fod cysylltiad rhwng Dr John Dee a'r llawysgrif hynod hon dyma fi'n meddwl: tybed nad Cymraeg oedd yr iaith? Wedi'r cyfan, onid Cymro o dras oedd Dr Dee? Cymraeg oedd iaith ei *Deitlau*, sydd wedi mynd ar goll, a'i *Deitl-Brenhinol*. Ond, bellach, dwi wedi syllu ar bob llinell o lawysgrif Royvich heb weld unrhyw smic o Gymraeg ynddi, sydd yn dipyn o siom i mi, oherwydd carwn i fod yr un i ddatrys y pos rhyfedd hwn.

Dim ond ychydig o bobl sydd wedi clywed am lawysgrif Royvich. Prynwyd hi yn 1912 gan lyfrbryf o'r enw William F Royvich o lyfrgell coleg Jeswit yn Frascati, yr Eidal. Gwaetha'r modd ei enw ef sydd arni nawr; mae hyn yn anffodus oherwydd does a wnelo ef ddim â'i llunio na'i chyfansoddi. Ond rhaid inni fod yn ddiolchgar iddo, mae'n debyg, am ei hachub rhag ebargofiant a'i dwyn hi i sylw ysgolheigion. Ynghyd â'r llawysgrif, pan brynodd Royvich hi, roedd 'na lythyr wedi'i ddyddio yn 1665 ac wedi'i ysgrifennu at yr ysgolhaig Jeswit Athanasius Kircher gan ei gyn-athro Marcus Marci. Yn ôl Marci, yn y llythyr hwn, honnodd un o gyn-berchenogion y llawysgrif, sef Rudolph II (m. 1612), taw Roger Bacon (Doctor Mirabilis, yr alcemydd, *c.*1220–92) oedd lluniwr y llawysgrif. Lledaenodd Royvich gopïau o'r llawysgrif ddieithr yn y gobaith o gael rhywun i'w dehongli, heb unrhyw lwyddiant. Pan fu farw partner Royvich yn 1966 gwerthwyd y llyfr i Lars Kiedis a geisiodd ei werthu, ond yn ofer; felly, fe'i cyflwynodd i Brifysgol Iâl.

Yn ddiweddar honnodd Dr Richard L Greenberg o'r brifysgol honno iddo lwyddo i neilltuo ambell 'air' sydd yn cyfateb i rai o'r sêr ac i rai o'r blodau ymhlith y darluniau sydd yn bodoli go-iawn. Erys y gweddill yn ddirgelwch. Ond ym marn Dr Greenberg, gwaith alcemaidd yw'r llawysgrif. Wedi dweud hynny, profodd arbenigwyr eraill nad oedd honiadau Greenberg yn dal dŵr.

Mae pawb arall sydd â diddordeb yn y Royvich yn yr un cwch â finnau; dyfalwyr ydyn ni i gyd. Dyma waith gwirfoddol f'ymddeoliad a'm henaint, felly. Rhyw fath o bos croeseiriau i bara, pwy a ŵyr, am weddill fy mywyd. Rhywbeth i lenwi'r oriau ac i basio'r amser.

～

Yr wythnos ddiwethaf roeddwn i'n cerdded ar y lôn i gyfeiriad y bryniau. Roedd y tywydd yn hyfryd ond roedd hi'n amhosib mwynhau'r golygfeydd gogoneddus o'm hamgylch, yr adar a'r coed, oherwydd y clêr. A beth oedd yn denu'r clêr oedd y baw. Mae rhywun yn disgwyl gweld dom defaid a gwartheg yn y wlad, wrth gwrs, ond yr hyn sy'n troi fy stumog i yw'r holl faw cŵn sydd ar hyd ymylon y lôn 'na, waeth mae'r pentrefwyr i gyd yn dod â'u cŵn y ffordd hyn i gachu. Mae'r peth yn ffiaidd.

~

Dyma'r disgrifiad o'r llawysgrif yng nghatalog Beinecke:

MS 4092, Cipher Manuscript
Scientific or magical text in an unidentified language, in cipher, apparently based on Roman Minuscule characters...
A history of the numerous attempts to decipher the manuscript can be found in a volume edited by R L Greenberg, *The most mysterious manuscript: The Royvich 'Roger Bacon' Cipher Manuscript* (Carbondale, Illinois, 1978).

~

Weithiau, byddaf yn breuddwydio am gael breuddwyd. Yn 1892 roedd yr Athro Hermann V Hilprecht yn gweithio ar broflenni'i lyfr mawr *The Babylonian Expedition of the University of Pennsylvania, Series A: Cuneiform Texts, Vol. 1, Part 1: Old Babylonian Inscriptions Chiefly from Nippur*. Ond roedd 'na ddau ddarn bach o aget gydag arysgrifiadau arnyn nhw yn dal i wrthsefyll pob ymgais i'w cyfieithu, ac felly nid oedd yr athro yn fodlon ar ei lyfr. Un noson, yn ei gwsg, ymddangosodd ffigur tal, offeiriad Babylonaidd. Teithiodd yr offeiriad a'r ysgolhaig yn ôl drwy'r canrifoedd i Deml Bel. Dangosodd yr offeiriad fod y ddau ddarn yn perthyn i'w gilydd er bod trydydd darn ar goll. Yn y bore rhoes Hilprecht eiriau'r ddau ddarn wrth ei gilydd, ac o'r diwedd gallai ddarllen yr arysgrifiad.

Byddaf innau'n breuddwydio am ddatrysiad fel'na, am ymweliad oddi wrth un o lunwyr llawysgrif Royvich. Efallai fod yr allwedd i'r seiffr yn gorwedd dan fy nhrwyn, fel petai. Efallai fod yr ystyr yn syml ac yn glir ac nid yn ddrych mewn dameg.

Ond mae fy mreuddwydion i gyd yn niwlog a dwmbwl dambal heb unrhyw synnwyr yn perthyn iddyn nhw. Ac mae'n gas gen i glywed pobl yn 'adrodd' eu breuddwydion, sydd, bron heb eithriad, yn nonsens i gyd, a does dim byd mwy *boring*. Mae'n gas gen i ffuglen sy'n seiliedig ar freuddwydion hefyd (ac eithrio hunllefau gweledigaethol Kafka a 'Breuddwyd Rhonabwy', sy'n unigryw). Mewn ffuglen fel'na mae popeth yn bosib; does dim rheolau, dim rhesymeg ac mae 'na duedd i'r iaith fod yn 'delynegol' ac yn 'farddonol'. Ych-a-fi.

～

Ddoe gwelais fy nghymydog Dr Thomas yn y lôn gyda'i gi. Un o'r cŵn mwyaf od i mi'i weld erioed. Ond nid odrwydd y ci wnaeth godi pwys arna i, waeth dwi wedi gweld y ci salw 'na o'r blaen. Nage, roedd y ci wedi gwneud ei fusnes a dyma Dr Thomas yn rhoi'i law mewn bag plastig ac yn codi'r baw gyda'r bag a gwneud parsel ohono yn y bag a lapio hwnnw mewn bag arall. Rhaid i mi ddweud iddo gyflawni'r weithred hon yn sydyn ac yn gymen iawn a chafodd e ddim byd ych-a-fi ar ei fysedd o gwbl. Ond doeddwn i ddim eisiau gweld dim byd fel'na yn y bore.

Wnaeth e ddim sylwi arna i pan oedd e'n gwneud hyn a theimlwn fel troi ar fy sawdl a mynd yn ôl, ond byddai hynny wedi bod yn blentynnaidd iawn, a beth bynnag roedd 'da fi awydd mynd am dro, waeth roedd y tywydd yn fendigedig eto. Wrth i mi ddynesu dyma'r ci'n sylwi arna i ac yn dechrau sgrechian – roedd yr anghenfil bach ar dennyn, diolch i'r drefn. Wedyn dyma'r Doctor yn fy nghyfarch.

'Dwi'n glanhau ar ôl y ci yn gydwybodol iawn,' meddai, gan ei bod yn amlwg fy mod i'n edrych ar y pecyn yn ei law. 'Yn wahanol i'r bobl eraill o'r pentre sy'n mynd â'u cŵn am dro ar hyd y lôn 'ma.'

Y peth nesaf, roedden ni'n cerdded gyda'n gilydd, ef a'i gi a finnau. Lletchwith. Beth i'w ddweud? Efe a dorrodd y garw.

'Wyddoch chi pa fath o gi yw Mishima?'

'Dim syniad,' meddwn i a theimlwn fel ateb 'Ffyc o ots 'da fi'. Dywedodd rywbeth nad oeddwn i'n ei ddeall. Ailadroddodd y geiriau. Dim clem 'da fi beth oedd e'n trio'i ddweud. Yna cymerodd feiro o'i boced ac ar gefn hen amlen, o boced arall yn ei siaced, ysgrifennodd 'Shiba Inu'. Doeddwn i ddim callach.

'Brîd o Siapan,' meddai yn ddigon uchel yn fy nghlust. 'Shiba Inŵ!'

Daeth Dr Thomas i'r pentre 'ma i fyw ar ôl ymddeol. Mae e'n iau na mi.

~

Yn ei lyfr *The Codebreakers* dywed David Kahn am y Royvich:

> The longest, the best known, the most tantalizing, the most heavily attacked, the most resistant, and the most expensive of historical cryptograms remains unsolved.

Ac mae hyn yn wir, hefyd. Ond mae 'da fi fy namcaniaeth bersonol fy hun ynglŷn â'r hen lyfr dirgel, damcaniaeth nad oes neb arall, hyd y gwn i, wedi meddwl amdani.

Dychmygaf fachgen neu griw o fechgyn neu lanciau yn cael eu cymryd o ryw bentre diarffordd mewn gwlad anghysbell ac yn cael addysg ffurfiol a chlasurol yr oes honno, yn dysgu sgrifennu a darllen Lladin ac yn dysgu iaith eu cartre newydd – Eidaleg, efallai, neu Almaeneg, Saesneg, pwy a ŵyr – ac yn cael eu magu mewn mynachdy. Drwy hyn i gyd, ymhlith ei gilydd, maen nhw'n glynu wrth iaith bro eu genedigaeth. Yn y cyfamser, mae trigolion y fro honno yn cael eu difa gan newyn neu bla, efallai. Dyma'r bechgyn hyn – dynion bellach – yn penderfynu llunio gwyddor arbennig ar gyfer eu hiaith, yn seiliedig ar eu dealltwriaeth o'r llythrennau Rhufeinig y buon nhw'n eu dysgu yn sgrifenfa'r mynachdy. Wedyn, dyma nhw'n cofnodi chwedlau, caneuon, hanesion, traddodiadau eu bro a'u hatgofion amdani ar y tudalennau memrwn hyn.

~

Bob tro dwi'n mynd mas am dro a ble bynnag dwi'n mynd nawr dwi'n cwrdd â Dr Thomas a'i gi bondigrybwyll. Rhaid ei fod e'n crwydro gyda'r hen anifail bob awr o'r dydd. Mae hi'n amhosib ei osgoi. Mae e'n ddyn eithaf cyfeillgar, chwarae teg iddo, ond dyw e ddim yn siarad am ddim ond am ei gi o hyd. A dwi'n ei chael hi'n anodd gwrando arno. Am un peth does 'da fi iot o ddiddordeb yn ei ffycin ci. Peth arall, mae e'n siarad mor ddistaw, fel pawb y dyddiau 'ma. Dwi wedi rhoi'r gorau i wrando ar y radio, does dim modd deall neb, a dim ond ambell un ar y teledu sy'n gwneud unrhyw synnwyr i mi.

~

Y lliwiau yn y Royvich. Gwahanol fathau o inc, fe ymddengys, neu'n ddyfrliwiau; ceir rhyw fath o *crayon* ac ambell liw 'afloyw'. Mae 'na lawer o liwiau hefyd: mae'r inc yn frown cryf; ceir inc ambr ei naws, tebyg i liw lledr da; glas llachar ond heb fod yn hollol ddisglair; inc glas neu ddyfrliw; acwamarîn afloyw; coch cryf da, carmîn yn hytrach na rhuddgoch neu fermilion; melyn brwnt; coch sy'n debyg i waed sych rhyw wythnos oed; gwyrdd brwnt; gwyrdd afloyw; rhyw fath o *crayon* gwyrdd; amryw o arlliwiau gwyrdd eraill; coch sy'n debyg i *rouge* a ddefnyddir i goluro wynebau; coch trwchus sy'n gwneud smotiau o liw y gellid eu crafu i ffwrdd â'r ewin; inc coch cyffelyb i inc coch cyffredin ein dyddiau ni; a glas arall sy'n disgleirio (lapis-laswli neu galch llasar y *Mabinogi*, efallai). Hyd y gwelaf i does dim goreuro. Anodd dweud a yw hynny'n beth od neu'n beth i'w ddisgwyl mewn llyfr sydd (yn ôl rhai dyfalwyr, beth bynnag) yn ymwneud ag alcemeg.

~

Mae pethau ofnadwy yn digwydd, hyd yn oed mewn pentre bach tawel fel hwn. Yr wythnos ddiwethaf, er enghraifft, aeth dyn ifanc di-waith i mewn i'r hen gapel gwag a'i grogi'i hun. Roedd e yno yn farw am dridiau cyn i bobl ddod o hyd iddo. Doedd neb yn gweld ei eisiau, fel petai; doedd dim teulu 'dag e, dim ffrindiau. Lwcus bod criw o blant wedi mynd i mewn i'r hen gapel i chwarae un prynhawn a'i ffeindio fe – er iddyn nhw gael braw ofnadwy, mae'n debyg. Fel arall byddai wedi bod yn hongian yno am wythnosau, misoedd efallai.

Does neb yn gwybod pam y gwnaeth amdano'i hun. Doedd neb fel petai yn ei nabod e. Roeddwn i'n ei nabod o ran ei olwg. Byth wedi torri gair ag e.

Dyna ddiwedd trist. Lle llwm ac oeraidd a brwnt oedd yr hen gapel.

Dosbarthiad o luniau'r llawysgrif yn ôl themâu:

Darluniau perlysieuol – planhigion
Darluniau perlysieuol – bwystfilod mytholegol
Darluniau seryddol – yr haul a'r lleuad
Darluniau seryddol – y Sidydd
Darluniau cosmolegol
Fferyllyddiaeth
Ffigurau dynol
Delweddau Cristnogol

Prin iawn, a dweud y gwir, yw'r symbolau Cristnogol (yn wir, prin yw symbolau unrhyw grefydd hysbys). Ar un o'r tudalennau gwelir menyw yn dal croes. Mewn llun arall darlunnir Adda ac Efa – efallai – a phren gwybodaeth, a'r afonydd yn llifo allan o Eden.

~

Mae'r dynion sy'n byw yn y tŷ mawr yn y coed dros y ffordd yn rhedeg busnes cyhoeddi llyfrau esoterig. Mae enwau anhygoel gan y dynion hyn, enwau ffuglen, bron, sef Mr Jekyll a Mr Grey. Maen nhw'n meddwl nad oes neb yn gallu'u gweld nhw drwy'r coed 'na, ond dwi'n gallu'u gweld nhw – yn cerdded, yn wir, yn rhedeg o gwmpas yn borcyn. Ac maen nhw'n cael partïon byth a hefyd yng nghwmni heidiau o fechgyn ifainc, bechgyn pert yn eu harddegau, wrth gwrs. Mae'r partïon hyn yn parhau tan berfeddion. Mae rhai o'r cymdogion yn cwyno am y mwstwr maen nhw'n ei gadw. Pan welais i Dr Thomas a'i gi y bore 'ma gofynnodd i mi a oedd y sŵn wedi 'nghadw i ar ddi-hun. Doeddwn i ddim wedi clywed dim, meddwn i.

Dyw pobl jyst ddim yn licio gweld dau ddyn canol oed yn byw fel'na.

~

Credir yn gyffredinol fod y llawysgrif wedi cael ei hysgrifennu gan o leiaf ddau berson gwahanol. Mae'r ddwy lawysgrifen i'w gweld yn glir. Ar ben hynny amrywia amledd rhai o'r geiriau neu'r grwpiau-côd rhwng y ddau 'awdur'.

Er gwaethaf y gwahaniaethau, mae amledd y geiriau a'r llythrennau yn eithaf tebyg yn adrannau awdur A ac awdur B. Dyma dystiolaeth gref i ddangos nad yw'r testun yn ddiystyr. Mae hi'n anodd iawn i ddau berson feddwl am eiriau diystyr ar hap a siawns gan lwyddo i gynhyrchu cyfartaledd tebyg o grwpiau o eiriau a llythrennau.

~

Gwelais Dr Thomas heddiw. Mae e'n mynd i'r ysbyty cyn bo hir i gael triniaeth lawfeddygol ar ei brostad. Mae e'n gofidio mwy am Mishima nag amdano ef ei hun. Dyw'r ci byth wedi bod i gynel cŵn; yn wir, dyw e byth wedi bod ar wahân iddo ef, Dr Thomas.

Yna, daeth y cwestiwn anochel y bu'n arwain ato: a fyddwn i'n fodlon edrych ar ôl y ci nes ei fod ef, Dr Thomas, ar ei draed unwaith eto? A pha mor hir y cymerai hynny, ys gwn i? Ond wnes i ddim lleisio'r cwestiwn 'na. Roedd Mishima wedi dod i'm nabod i, meddai. Wel, roedd hi'n anodd, anodd iawn ei wrthod, er does 'da fi gynnig i'r blydi ci. Felly, fe gydsyniais i, er fy ngwaethaf ac yn groes i'm tueddiad naturiol. Daw â'r ci a'i fowlen a'i dennyn, a dwn i ddim beth arall i gyd, yr wythnos nesaf cyn iddo fynd i'r ysbyty. Mae e wedi gofyn i mi fynd ag e am dro sawl gwaith y dydd, fel y gwna yntau. Ond, er na ddywedais i mo hyn wrtho, bydda i'n rhoi'r ci mas i gysgu yn yr ardd gefn. Dwi ddim eisiau ci yn y tŷ. Ych-a-fi.

~

Dros y blynyddoedd cyhoeddwyd sawl 'datrysiad' o 'seiffr Roger Bacon'. Hyd yn hyn does dim un o'r datrysiadau hyn yn argyhoeddi'n gyffredinol nac wedi cael eu derbyn. Datganodd bob un o'r ysgolheigion canlynol iddyn nhw ddatrys y seiffr: Oldwood, Freer, Strang, Greenberg, Levitor.

~

Wel, mae Dr Thomas wedi mynd i'r ysbyty. Daeth â'r ci yma y prynhawn 'ma, a welais i ddim ffarwelio mor ddagreuol erioed. Dwn i ddim pwy oedd dristaf, y ci neu'i berchennog. Roedd golwg mor dorcalonnus ar y ci ar ôl i'w feistr fynd doedd 'da fi mo'r galon i'w wthio mas i'r ardd. A beth petai'n ceisio diengyd ac yn mynd i chwilio am Dr Thomas ac yn cael ei ladd ar yr heol? Sut gallwn i wynebu Thomas wedyn? Gwell iddo aros yn y tŷ am y tro, nes iddo setlo.

~

Ar yr olwg gyntaf dyw'r testun, yr hwn sydd wrth wraidd y dirgelwch, ddim yn ymddangos fel unrhyw broblem o gwbl. Dyw e ddim yn edrych yn gryptig. Mae e'n edrych fel llawysgrifen ganoloesol ddiweddar gyffredin. Ceidw'r symbolau ffurf gyffredinol llythrennau'r cyfnod hwnnw – yr hyn nad ydyn nhw ddim. Maen nhw'n debyg i hen gyfeillion a'u henwau ar flaen y tafod. Llifa'r ysgrifen yn llyfn, fel petai'r ysgrifydd yn copïo testun dealladwy; nid ymddengys i'r symbolau gael eu printio un ar y tro. Does dim arwydd o ansicrwydd nac amheuaeth na phetruster o gwbl yn esmwythrediad y llythrennau. Hyd yn oed wrth fwrw golwg dros un tudalen mae'r llygad yn adnabod yr un llythrennau dro ar ôl tro, yna fe wêl grwpiau'n ailymddangos, geiriau'n cael eu hailadrodd hyd yn oed, weithiau gydag ychydig o amrywiadau yn eu terfyniadau.

~

Mae'n deimlad rhyfedd: rhywbeth arall yn byw yn fy nghartre. Neithiwr roeddwn i'n eistedd yn fy nghadair freichiau yn darllen ac edrychais i lawr a dyna lle roedd y ci yn edrych arna i. Yn sydyn, fe'm trawyd gan y ffaith fod gan y ci hwn ei ymwybyddiaeth ei hun, ei bersonoliaeth ei hun. Beth oedd yn mynd drwy'i feddwl? Oedd e'n deall y sefyllfa? Beth, neu pwy, oedd e'n feddwl oeddwn i? Beth oedd e'n feddwl o'i berchennog yn ei absenoldeb?

Ddoe, ffoniais yr ysbyty. Mae Dr Thomas wedi cael ei lawdriniaeth ond roedd 'na broblemau ynglŷn â'r anesthetig, mae'n debyg. Ches i mo'r manylion i gyd, waeth roedd hi'n anodd clywed y person ar ben arall y ffôn. Ta beth, mae e'n wan iawn a heb adennill ymwybyddiaeth yn iawn eto.

~

Cwestiwn: Beth yw pwnc llawysgrif Royvich? Does dim clem 'da fi, na neb arall o ran hynny.

Planhigion: mae'r gwaith yn nodweddiadol o *herbarium* neu *pharmacopoeia*. Beth arall?

Y Sidydd: ceir deg ffigur ar hugain ar gyfer pob arwydd, ac eithrio *pisces*, y pysgod, sydd â naw ar hugain yn unig.

Alcemeg: ceir lluniau, ffigurau ac emblemau ar wasgar drwy bob testun alcemegol yn y Gorllewin. Os oes unrhyw ran o lawysgrif Royvich yn ymwneud ag alcemeg, yna, ble mae'r pelican? Y llew *couchant*? Y *caput mortuum*? A'r symbolau dirifedi eraill sydd i'w gweld yn y *Mutus Liber*?

~

Mae'r ci hwn yn ddoniol iawn, tipyn o gymeriad, yn wir, gyda'i ben fel cadno, ei gynffon yn cyrlio dros ei gefn. Daw ataf gan ddodi'i bawen ar fy nghoes pan fo chwant bwyd arno; â at y drws i ddangos ei fod e'n mo'yn mynd am dro. Serch hynny, byddaf yn falch pan ddaw Dr Thomas yn ôl i'w gymryd e – wedyn caf y tŷ 'ma i mi fy hun unwaith eto.

Y diwrnod o'r blaen daeth Mr Jekyll at y drws yng nghwmni dyn ifanc – nid Mr Grey. Cwyno wnaeth e fod ci'n udo neu'n crio ac yn cadw sŵn drwy'r dydd yn fy nhŷ i. Atebais nad oeddwn wedi sylwi ar Mishima yn udo. Ychwanegais nad fy nghi i oedd e, eithr ci Dr Thomas ac mai dros dro yn unig, nes i Dr Thomas wella, y byddwn yn ei warchod. Doedden nhw ddim yn ddymunol iawn; yn wir, roedden nhw'n eithaf cas. Pa hawl sydd gyda nhw i sôn am Mishima yn cadw mwstwr? Beth am eu partïon nhw? Nid 'mod i wedi'u clywed nhw.

~

Ceir damcaniaeth nad yw'r llawysgrif mewn unrhyw iaith o gwbl, taw dim ond ribidirês o farciau diystyr ydyw. Byddai hynny'n cyd-fynd â'r syniad fod y llawysgrif yn ffugiad, wedi'i llunio am arian, efallai gan William Royvich neu cyn hynny gan John Dee.

Ond nid yw hynny'n rhoi cyfrif am yr holl strwythur

ystadegol sydd yn y testun, a'r ystadegau'n parhau yn gyson dros ddau gant o dudalennau.

Cymharer:

- Llawysgrif Voynich (seiffr arall a briodolir i Roger Bacon sydd, fel y mae'n digwydd, yng nghasgliad Beinecke)
- Lingua Ignota, Santes Hildegard
- Arysgrifiadau Glozel
- Enochian, John Dee
- Rhannau mawr o *La Très Sainte Trinosophie* gan St Germain
- Martian, Hélène Smith
- Ffugiadau o hieroglyffau Eifftaidd

Credai Wilfred Fieldman fod y llawysgrif wedi'i hysgrifennu mewn iaith gwbl artiffisial. Cymharer â'r enghreifftiau diweddar, Lojban ac Esperanto.

Ieithoedd eraill yr awgrymir eu bod yn sail i'r llawysgrif yw: Lladin (Fatican, dogfen Lat. 3102; Jakob Silvester, côd 1526), Groeg, Sansgrit, Arabeg, ieithoedd Almaenig, ieithoedd Celtaidd (Cymraeg, Cernyweg) a Nahuatl!

~

Daeth Dr Thomas 'nôl o'r ysbyty echdoe ond roedd golwg ofnadwy arno. Doedd dim angen iddo ofyn i mi gadw Mishima bach am dipyn eto, er bod hwnnw'n crio am fynd yn ôl at ei annwyl feistr. Roedd hi'n gwbl amlwg i mi nad oedd Dr Thomas yn ddigon cryf i edrych ar ôl y ci ar hyn o bryd. Yna, ddoe, aethon ni – y fi a Mishima – i alw arno ac roedd e'n glawd iawn. Ffoniais am feddyg yn syth ac fe'i cludwyd i'r ysbyty eto. Aros am air o newyddion yn ei gylch yr ydyn ni nawr.

Rhaid i mi gyfaddef, yn ystod y diwrnodau diwethaf 'ma, fy mod wedi dod yn eithaf hoff o'r ci bach, er fy ngwaethaf, ac wedi dod yn gyfarwydd â mynd ag ef am dro a'i gael e'n gorwedd wrth fy nhraed wrth i mi ddarllen gyda'r hwyr.

～

O dderbyn nad yw'r Royvich yn bos heb ystyr, pa bethau y cawn ni eu casglu am ei hamgylchiadau oddi wrth ei chynnwys, ei steil a'i heiconograffeg?

Dyw'r delweddau yn y llawysgrif ddim yn ymddangos yn an-Ewropeaidd. Dyma enghreifftiau:

i) Wynebau'r dynion yn adrannau'r Sidydd a'r adrannau 'carthffosiaeth', wynebau Caucasaidd sydd ganddyn nhw i gyd a gwallt Ewropeaidd ei steil.

ii) Y lluniau sydd yn ymddangos fel damhegion yn ymwneud â'r tymhorau. Digon hawdd gweld Gwanwyn, Haf, Hydref, Gaeaf, a'r eiconograffeg – blodau, ffrwythau, hen ddyn gyda ffon ac yn y blaen. Canoloesol, traddodiadol eto.

iii) Mae'r tudalennau sy'n ymwneud â'r sêr yn cael eu rhannu'n 12 neu'n 24. Naill ai oriau'r dydd neu fisoedd y flwyddyn. Calendr y Gorllewin sydd yma, felly.

～

Cefais alwad ffôn gan yr ysbyty yn hwyr neithiwr. Bu farw Dr Thomas yn ei gwsg. Maen nhw wedi cysylltu â'i berthynas agosaf, sef rhyw or-nai sy'n byw yn Hampshire. Ond pwy sy'n mynd i gael Mishima?

～

Mae fy meddwl yn mynd yn ôl at y dynion 'na yn byw oddi cartre, alltudion yn y mynachdy yn fy nychymyg i – dau neu dri neu bedwar ohonyn nhw, dim mwy na chwech, a neb arall ar glawr y ddaear yn siarad eu hiaith, neb yn rhannu'u traddodiadau na'u diwylliant. Eu tylwyth a'u perthnasau a'u cyfeillion wedi'u dileu gan anhwylderau, rhyfeloedd efallai, neu gan newyn a syched. Ond mae'r dynion hyn yn ifanc. Damwain, efallai, ac un yn marw. Y goroeswyr yn mynd ati i lunio llyfr i gadw hanesion eu llwyth. Amser yn cerdded. Un arall yn marw. Ac un arall. Henaint yn gafael nes i ddau yn unig gael eu gadael ar ôl, a'r ddau yn casáu'i gilydd â chas perffaith. Dau siaradwr olaf eu hiaith yn pallu goddef ei gilydd. Ar ben hynny mae'r ddau yn drwm eu clyw. Dim 'Cymraeg' rhyngddyn nhw. Angau yn llyncu'r ddau a distawrwydd fel mantell ddu yn cwympo dros y gyfrol honno gan orchuddio'i memrwn am byth.

~

Claddwyd Dr Thomas ddoe. Ei or-nai, rhai o'i gyn-fyfyrwyr, y fi a Mishima oedd yr unig alarwyr. Mae 'galar' yn rhy gryf. Doedd neb yn gweld ei eisiau go-iawn, ac eithrio Mishima, efallai, a doedd hwnnw ddim yn deall pwy oedd yn y bocs a ollyngwyd i'r ddaear.

Dwi wedi penderfynu cadw Mishima. Fel arall byddai'r gor-nai wedi mynd ag ef at y milfeddyg a gwneud ei ddiwedd. Mae hi'n rhyfedd sut y mae'r ci bach od hwn wedi dod yn gymaint rhan o'm bywyd yn ddiweddar fel na allwn ddioddef y syniad o'i ladd.

~

'No script has ever been broken unless the language itself is known and understood,' meddai Michael D Coe yn *Breaking the Maya Code*.

Dr John Dee ei hun a roddodd y rhifau ar gorneli'r Royvich. Ai ef oedd yr un a werthodd y llawysgrif i'r Ymherodr Rudolph? Mae hi'n hysbys iddo dderbyn swm tebyg i 600 *ducats* tua'r amser hwnnw.

~

Neithiwr roeddwn i'n cysgu'n sownd, wedi cymryd tabledi (fel arall fyddwn i ddim wedi cysgu o gwbl), pan ddaeth Mishima at erchwyn fy ngwely a chrafu fy wyneb â'i bawennau. Yn amlwg, roedd rhywbeth yn bod ar y ci. Er na allwn ei glywed yn udo roedd yn cau ac yn agor ei safn. Codais a gwisgo fy ngŵn nos. Dilynais y ci at y drws.

Wrth i mi ei agor cwympodd dyn i'm breichiau. Roedd gwaed ar ei ben ac ar ei wddwg. Prin yr oeddwn i'n nabod Mr Grey ac allwn i ddim clywed beth yr oedd yn ceisio'i ddweud, waeth roedd e'n siarad mor ddistaw. Es i'n syth at y ffôn a galw'r heddlu.

~

Hanes Diweddar y Llawysgrif

1912: Darganfod y llawysgrif gan William F Royvich yn Villa Mondragone, Frascati.

1932: Marwolaeth W F Royvich. Gadawyd y llawysgrif mewn ewyllys i Leonard Lewis, partner Royvich.

1966: Marwolaeth Leonard Lewis (Cymro o dras?).

1967: Gorffennaf 14. Prynwyd y llyfr gan Lars Kiedis, gwerthwr llyfrau prin yn Efrog Newydd, am $24,500.

Fe'i trosglwyddwyd gan Lars Kiedis i Lyfrgell Llyfrau Prin Beinecke, Prifysgol Iâl. Fe'i catalogwyd fel llawysgrif 4092 gyda gwerth rhwng $125,000 a $500,000.

Hanes Cynnar y Llawysgrif

Er bod digon o dystiolaeth gadarn o fodolaeth a pherchenogaeth y llawysgrif yn ystod yr ugeinfed ganrif mae ei hanes cyn 1912 yn ddamcaniaethol, i raddau. Aeth ambell arbenigwr mor bell ag awgrymu i'r llawysgrif gael ei ffugio gan W F Royvich ym mlynyddoedd cynnar yr ugeinfed ganrif. Yn ôl awdurdodau eraill dyddia'r llawysgrif o'r drydedd ganrif ar ddeg neu'r unfed ganrif ar bymtheg.

1582–1586: Dr John Dee ym Mhrâg.

1608: Marwolaeth Dr John Dee.

1608: Jacobus Horcicki yn cael ei deitl ('de Tepenecz').

1610: Prynwyd y llawysgrif, efallai, gan Rudolph II, Bohemia.

1622: Y llawysgrif ym meddiant Jacobus de Tepenecz, o bosib.

1622: Marwolaeth Jacobus de Tepenecz.

Tua 1644: Joannes Marcus Marci yn trafod llawysgrif ddirgel (y Royvich o bosib) gyda Dr Raphael Missowsky.

1644: Marwolaeth Dr Missowsky.

1665: Llythyr oddi wrth Joannes Marcus Marci at y Tad Athanasius Kircher ynghyd â llawysgrif ddirgel mewn seiffr.

1667: Marwolaeth Joannes Marcus Marci.

Atodiad: Yn ddiweddar dangosodd profion *radiocarbon* fod y llawysgrif i'w dyddio rhwng 1404 a 1438 ac nad ychwanegwyd yr inc yn ddiweddarach.

Daeth yr hanes i gyd mas yn y papurau lleol wythnosau'n ddiweddarach. Tua blwyddyn yn ôl, fe ymddengys, daethai'r dyn ifanc 'ma i fyw gyda Mr Jekyll a Mr Grey i'w helpu gyda'r busnes cyhoeddi. Enw'r dyn hwn, enw anhygoel arall, oedd Mr La Tour. Bu ffraeo mawr, un noson, a thrywanwyd Mr Jekyll a Mr Grey gan Mr La Tour â chyllell fawr. Dyna'r noson y daeth Mr Grey at fy nrws i, wedi dianc yn fyw o'r gyflafan. Lladdwyd Mr Jekyll, ac ar ôl iddo ymosod ar y ddau arall cyflawnodd Mr La Tour hunanladdiad drwy ei drywanu'i hunan â'r un gyllell. Dim ond bob yn dipyn bach y daeth y manylion hyn i gyd mas ar ôl i'r heddlu holi Mr Grey yn amyneddgar yn yr ysbyty. Ni fydd neb yn gwybod y cyfan, dim ond Mr Grey, efallai.

Cefais innau fy holi hefyd, yn ddidrugaredd. Ond cefais fy nghlirio, yn fuan, diolch i'r drefn. Profiad annymunol iawn. Roeddwn i'n falch nad ymddangosodd f'enw i yn y papurau o gwbl.

Llythyr oddi wrth Marcus Marci at Athanasius Kircher:

Y llyfr hwn, a adawyd i mi gan gyfaill agos, fe'i tynghedais i ti, f'Athanasius annwyl, unwaith y daeth i'm meddiant, oblegid fe'm hargyhoeddwyd na ellid ei ddarllen gan neb ac eithrio tydi.

Gofynnodd cyn-berchennog y llyfr hwn dy farn unwaith mewn llythyr, gan gopïo darn o'r llyfr a'i anfon atat, o'r hwn y credai y gallet ddarllen y gweddill, ond fe wrthododd yntau, ar y pryd, ddanfon y llyfr ei hun atat. I'r dehongliad ohono ymgysegrodd yn ddiflino, fel y prawf ei ymgeisiadau amgaeedig, ac nid anobeithiodd hyd at angau. Ond ofer fu ei drafferth. Wedi'r cyfan nid ufuddha Sffincsau fel hyn i neb, ac eithrio i'w meistri.

Kircher, derbynia yn awr yr arwydd hwn, fel y mae, er ei fod yn hwyr iawn. Y mae'n dangos fy serch tuag atat, gan ei dorri allan o'i gaets, os oes un, gyda'th lwyddiant mawr.

Dywedodd Dr Raphael wrthyf, tiwtor yn iaith Bohemia i Ferdinand III, Brenin Bohemia ar y pryd, y bu'r llyfr yn eiddo i'r Ymherodr Rudolph ac iddo gyflwyno 600 *ducat* i'r sawl a hebryngodd y llyfr ato. Credai mai Roger Bacon y Sais oedd yr awdur. Ar y pwynt hwn yr wyf yn atal fy marn...

Joannus Marcus Marci,

Cronland, Prâg, 19eg Awst, 1665

Gan na chafodd y llawysgrif ei dehongli ni wyddom sut y byddai wedi swnio wrth iddi gael ei darllen yn uchel. Serch hynny, darganfuwyd gan rai sydd wedi bod yn ei hastudio'n fanwl yn America fod modd rhoi seiniau i bob un o'r symbolau seiffr sydd yn y llawysgrif, gyda'r canlyniad ei bod yn ynganadwy. Liciwn i glywed rhywun yn ei darllen.

~

Fis yn ôl, a rhyw ddeufis ar ôl y llofruddiaeth, ces i fy neffro yn y nos unwaith eto gan Mishima. Roedd y tŷ ar dân. Roeddwn i wedi gadael sigarét yn mudlosgi yn fy nghell ac aeth y papurau ar fy nesg yn wenfflam. Collais y rhan fwyaf o'r nodiadau ar f'astudiaeth o lawysgrif Royvich, gan gynnwys y llungopïau gwerthfawr o'r tudalennau. Ond, diolch i'r ci, ces i ddigon o amser i ffonio'r frigâd dân ac arbedwyd gweddill y tŷ. Dim ond y ddesg a'r dogfennau a gollwyd.

Ond cyn i'r ci ddodi'i bawennau ar fy wyneb daeth dau

lanc i sefyll wrth droed fy ngwely. Roedden nhw'n gwisgo abidau. Gwyddwn yn syth fod y bechgyn hyn wedi gweithio ar y llawysgrif. Roedden nhw'n esbonio'i hystyr, yn dweud ei bod yn bwysig iawn, fod proffwydoliaeth ynddi yn ymwneud â'r mileniwm newydd. Yn y llyfr hwn, mewn iaith nad oes neb yn ei deall, y mae'r neges bwysicaf i ddyfodol dynolryw. Roeddwn i'n deall cymaint â hynny ond roeddwn i'n gorfod gwrando'n ofalus arnyn nhw'n dehongli tudalennau'r llawysgrif. Ond, hyd yn oed yn fy nghwsg, ni allwn glywed eu geiriau oherwydd y mwstwr yn fy mhen.

Saunders Lewis yn Aberystwyth

Daeth y glaw nid fel parasiwt, fel mae'n dweud yn y gerdd, ac nid fel hen wragedd a ffyn (a ddefnyddiwyd yr ymadrodd hwnnw erioed yn naturiol y tu allan i'r llyfr idiomau?) eithr fel llen yn disgyn ar lwyfan, neu fel saethau a'r diferion yn taro'r palmant fel bwledi. Ymwthiodd ef a'i wraig i mewn i gaffe'r Caprice. Roedd y lle dan ei sang gyda phobl o'r un meddwl â nhw yn cysgodi rhag y glaw ac yn cael tamaid i'w fwyta wrth aros, yr awyr yn llawn ager yn codi o'r dillad gwlyb yn gymysg â chwys a mwg sigarennau. Bachodd Mr Lewis ford heb fod yn bell o'r ffenestr. Doedd e ddim yn licio'r teimlad o gael ei gornelu na'i gau i mewn. Archebodd ef a'i wraig bryd ysgafn ond mae'n anodd credu y gellid cael peth mor od a moethus â wystrys ar dost y pryd hynny a hithau yn adeg rhyfel. Eto i gyd, tre glan môr yw Aberystwyth felly nid yw'n amhosibilrwydd. Roedd mwstwr y lle yn fyddarol ac yn gymysgedd o ieithoedd fel yn sgil cwymp Tŵr Babel. Gyferbyn ag ef eisteddai menyw dew yn bwyta teisen gyda'i hewinedd coch, ffwr o gwmpas ei hysgwyddau, yn dodi'r peth hufennog rhwng ei gwefusau coch.

Daeth y bendro drosto, fe deimlai fel petai ar fin llewygu, pan dynnwyd ei sylw gan rywbeth mwy gwrthun ar y stryd.

'Ych-a-fi,' meddai, er ei bod yn anodd dychmygu y

byddai Saunders Lewis yn dweud 'ych-a-fi', ond beth bynnag fe rynnodd gydag ias o atgasedd.

'Be sy?' gofynnodd ei wraig, nad oedd yn siarad Cymraeg y pryd hynny, os llwyddodd hi i feistrioli'r iaith o gwbl, ond rwyf i wedi diofrydu – gair y byddai Saunders Lewis wedi'i ddefnyddio yn sicr – rwyf i wedi diofrydu'r Saesneg (yn y stori hon o leiaf) a byddaf yn peri i bob cymeriad siarad Cymraeg fel y gwnaeth Saunders Lewis ei hun, er enghraiﬀt yn ei nofel *Monica*, yn hytrach na dilyn ﬀasiwn llenorion diweddar. Man a man inni roi'r gorau i'r Gymraeg a sgrifennu'r cyfan yn Saesneg pe bai pob un yn dilyn y ﬀasiwn hwn'na, yn lle cynhyrchu llên siprys.

'Edrych ar hon'na,' meddai Mr Lewis gan gyfeirio sylw ei wraig at hen fenyw dlawd yr olwg ar y stryd yn y glaw yn mynd drwy'r biniau sbwriel, ei dillad yn garpiau, cortyn am ei gwasg yn cau'i hen got. Rhoddai ei phen yn ddwfn i mewn i bob bin, un ar ôl y llall, fel petai'n chwilio am rywbeth gwerthfawr.

'Ych-a-fi,' meddai Saunders Lewis eto (unwaith yn rhagor, go brin y dywedodd 'ych-a-fi' yn ei fyw ond fe fynegodd ﬃeidd-dra). Prin y gallai stumogi'i wystrys ar dost (go brin mai dyna'r peth a gafodd i'w fwyta) felly dyma fe'n cynnau sigarét.

Gadawodd yr hen fenyw'r biniau ar waelod Great Darkgate Street (fel y sylweddolodd Saunders Lewis, y mae Great Darkgate Street yn fwy barddol o lawer na Stryd Fawr, ond pam nad yw Stryd y Porth Mawr Tywyll yn dderbyniol i'r bardd, nac i'r dre, sy'n ddirgelwch) gan symud yn ei blaen heb sylweddoli iddi ennyn cerdd yn nychymyg un o feirdd mwya'r ugeinfed ganrif.

Ymlaen â hi – Miss Walters oedd ei henw; gadewch inni roi enw iddi yn hytrach na sôn amdani o hyd fel yr hen fenyw, yr hen ferch neu'r hen wrach – i fyny drwy'r dre â hi, i fyny drwy Great Darkgate Street, gan stopio bob tro wrth bob bin sbwriel a chodi'r clawr yn seremonïol ac archwilio'r cynnwys yn fanwl, nes iddi gyrraedd y cloc. Yna troes i'r dde i lawr Heol y Wig, i gyfeiriad y môr. Dim ond dau neu dri bin oedd i'w cael ar hyd y stryd honno. Wedyn i'r dde â hi gan gerdded yn fân ac yn fuan ar hyd y prom. Mae'n eitha posib mai dyna'r unig dro i Saunders Lewis ei gweld hi, ond roedd hi'n ffigur adnabyddus yn y dre yn y pedwar a'r pumdegau. Pan roddid y biniau mas arferai Miss Walters fynd drwy cyn gymaint o finiau ag y gallai, gyda gofal archaeolegydd, cyn mynd adre – heibio'r pier a'r pafiliwn, heibio gwesty'r Belle Vue, heibio neuadd newydd y Brenin, heibio'r bandstand, heibio Gwesty'r Frenhines, heb iddi edrych unwaith i gyfeiriad y môr. Mae un peth yn sicr, ni fyddai wedi cicio'r bar, bondigrybwyll, cyn dringo'r twyn i'r hen dŷ mawr ar ymyl yr heli lle ganed hi a lle magwyd hi a lle'r oedd hi'n dal i fyw yn ei thrigeiniau. Nag oedd, doedd y weilgi ddim yn gyfaill iddi hi na'i theulu, oherwydd bob yn dipyn bach roedd hi'n cnoi i ffwrdd sylfeini'r hen gartre.

Bron cyn iddi agor y drws, ac yn sicr cyn iddi'i gau, dyma'i mam yn gweiddi arni o'i gwely yn ei stafell yng nghefn y tŷ.

'Ti wedi ffeindio fe? Wnest ti? Wnest ti ffeindio fe i mi?'

'Naddo,' atebodd Miss Walters – Cymryesau (dyma ddewis ffurf Saunders Lewis ei hun) oedd Miss Walters a'i mam (ond doedd Miss Walters ddim yn arfer gwisgo menig gwynion; ychwanegodd y bardd ei hun y manylyn hwn'na er mwyn symboliaeth), Cymraeg oedd iaith yr aelwyd er i'r diweddar Mr Walters a'i wraig dreulio peth amser yn Llundain gan wneud yn o lew wrth werthu llaeth cyn codi'r tŷ ysblennydd hwn ar fin y môr ar gyfer eu teulu mawr (naw o blant; Miss Walters, Miriam, oedd y cyw melyn ola, a'r lleill erbyn yr hanes hwn naill ai wedi marw neu wedi gadael y nyth bob yr un).

'Ti'n siŵr? Hollol siŵr? Est ti drwy bob bin?'

'Do, es i drwy bob un, dwi'n siŵr.'

Bellach, dim ond y nhw ill dwy oedd yn byw yn yr hen dŷ a atseiniai gan wacter. Datglymodd Miriam y cortyn a thynnu'i hen got a'i hen het. Adlewyrchai'i dillad gyflwr y tŷ – craciau ar hyd y waliau, craciau drwy'r llawr, tyllau yn y plastr a llygod yn byw ynddynt a thyllau yn y ffenestri. Dringodd Miriam y grisiau. Siglai'r banastr dan ei llaw. Er iddi esgyn, wrth iddi nesáu at stafell ei mam disgynnai'i chalon bob yn ris.

A dyna lle roedd ei mam yn gorwedd, bron yn gant oed, yn sgerbwd llafar, wedi'i chordeddu gan wynegon a phoenau a hunllefau golau dydd.

'Ti wedi chwilio?' Doedd dim rhaid iddi ofyn, gwyddai Miriam y cwestiwn, dyna'i hunig gwestiwn, ei hunig ddiddordeb yn y byd. Y cwestiwn hwn oedd yn ei chadw'n fyw, doedd ganddi ddim awydd gwybod am ddim arall yn y byd y tu allan, dim chwilfrydedd ynghylch cymdogion na newyddion nac am y tywydd.

'Dwi ddim yn dy gredu di! Wnest ti ddim mynd trwyddyn nhw'n ddigon dyfal!' A dyma'r cyhuddiad anochel yn dod, 'Tase dy chwiorydd 'ma nawr, Megan neu Olwen, 'sen nhw wedi dod o hyd iddo. Ond 'na fe, wi wedi claddu'r ddwy ac un mab a 'ngŵr. A phob un arall wedi 'ngadael i. Wi'n dibynnu arnat ti nawr. Ti'n siŵr? Nest ti ddisgwyl yn ofalus?'

'Do,' meddai Miriam er y gwyddai na allai'i hargyhoeddi o'i ffyddlondeb.

'Cer!' meddai'i mam. 'Cer o 'ngolwg i!' A chan na allai symud i droi'i chefn arni caeodd ei llygaid er ei bod yn ddall.

Aeth Miriam i'r stafell wely ym mlaen y tŷ lle'r arferai'i mam a'i thad gysgu pan oedd ei thad yn fyw a'r tŷ yn sownd ac yn llawn brodyr a chwiorydd. Ofnai Miriam ddod i unrhyw stafell yn y rhan yma o'r tŷ nawr ac roedd hi wedi cario pob celficyn, ar ei phen ei hun, i gefn yr adeilad, rhag ofn i'r pwysau ychwanegu at y craciau a'r holltau cynyddol. Edrychodd mas dros y môr. Roedd e'n dawel ond yn lliw'r plwm, dim tonnau, dim ond cymylau llwyd yn ymdoddi i ddyfroedd llwytach. Dim ffin i wahaniaethu rhwng dŵr ac awyr. Roedd hi'n ddiolchgar. Pryderai am stormydd a thonnau mawr ffyrnig.

Nid yw'r tŷ yn sefyll nawr ond yn y stori hon.

Winnie Parry a Winnie Parry

Creadures ffurfiol iawn oedd Miss Winnie Parry ac yn hoff iawn o gadw at yr un drefn ym mhob peth yn ei bywyd bob dydd. Roedd ganddi'i hamserau a'i rheolau'i hun ac ymdebygent i ddefodau o'r funud yr agorai'i llygaid yn y bore (am 5.30) tan y funud yr âi i gadw gyda'r nos (am 9 ar ei ben). A wiw i neb na dim amharu ar ei hamserlen. Wedi dweud hynny, ar yr adeg yma yn ei bywyd lle rydym ni'n cwrdd â hi, digon dinod a digyffro oedd dyddiau Miss Parry, ond roedd hynny'n ei siwtio i'r dim. Fel hyn y bu ei bywyd ers llawer blwyddyn, y dyddiau, yr wythnosau, y misoedd yn dilyn ei gilydd un ar ôl y llall a phob un yr un ffunud nes iddynt ffurfio blynyddoedd unffurf unfath. Awn ni ddim mor bell ag olrhain pob un o gamau bach digyfeiliorn ei diwrnod yn fanwl (ffordd y byddai'n trefnu'i gwallt yn union yr un modd bob bore, ffordd y byddai'n cael wy wedi'i ferwi i frecwast, ffordd y byddai'n golchi'r llestri a'u dodi i gadw ar ôl brecwast, yr un egob, yr un plât, yr un cwpan a'r un soser, ac yn y blaen), digon yw dweud fod yna bobl oedd yn byw yn yr un gymdogaeth â hi yn Croydon oedd mor gyfarwydd â'i symudiadau fel eu bod yn dibynnu arni cystal â chloc i amseru peth o'u diwrnod eu hunain. Roedd hyn yn cynnwys rhai oedd yn ei nabod ("Miss Parry") a rhai oedd yn ei lled-adnabod ("y fenyw od 'na") a rhai nad oedd yn ei hadnabod hi o gwbl eithr fel ffigur oedd yn gwneud yr un peth bob dydd ac ar yr un adeg, glaw neu hindda. Wrth gwrs, roedd ei landledi yn ei nabod hi a phobl eraill oedd yn rhentu stafelloedd yn yr un tŷ â hi; roedd rhai yn ei nabod hi wrth ei henw mewn siopau cyfagos lle roedd hi'n archebu pethau yn rheolaidd: y siop bapur newydd, swyddfa'r post, y siop fara, y cigydd ac yn y blaen; yn y parc lle'r âi am dro bob prynhawn fe fyddai sawl un yn ei chyfarch hi ac efallai yn cael gair â hi am y tywydd er nad oedd ganddynt enw ar ei chyfer, ac er nad oedd hi'n gwybod dim amdanynt roedd sawl hen berson oedd yn gaeth i'r tŷ yn nodi iddi basio'r ffenest yr un pryd bob dydd. Fe'i cymerid yn ganiataol fod Miss Parry yn gwneud y peth a'r peth ar y pryd a'r pryd yn union fel y cymerir yn ganiataol godi'r haul yn y bore a'i fachlud gyda'r hwyr.

Nawr 'te, ar y diwrnod arbennig yr ydym yn sôn amdano, aeth Miss Parry mas o'r tŷ lle roedd hi'n byw gan gau'r drws yn ofalus ar ei hôl, dyna'i harfer, ac aeth i'r siop bapurau i gasglu'r papur newydd, peth roedd hi wedi'i wneud bob bore am saith o'r gloch ers gwell na deng mlynedd. Dychmyger sioc a dryswch Miss Parry pan daerodd rheolwr y siop, Mr Murdie a rhoi iddo ei enw, fod ei phapur wedi mynd a bod hyhi'i hun, Miss Parry, wedi'i gasglu. Yn wir, on'd oedd ef, Mr Murdie, wedi dweud wrthi ei fod e'n synnu'i gweld hi yn foreuach na'r arfer? Dadleuodd Miss Parry ag ef – ac wedi byw yn Lloegr cyhyd nid oedd arlliw o acen ei bro'i hun ar ei Saesneg – nad oedd hi wedi galw yn y siop o gwbl y bore hwnnw a'i bod yn amlwg iddo roi'i phapur hi, papur roedd hi eisoes wedi talu amdano drwy archeb, i rywun arall. Ond mynnodd Mr Murdie nad oedd ef wedi gwneud camsyniad o gwbl ac mai hyhi a neb arall oedd wedi dod i mewn y bore hwnnw a gofyn am ei phapur ac yntau wedi dymuno 'bore da' iddi a sylwi'i bod hi'n gynnar. Os felly, meddai Miss

Parry, ble oedd y papur? Ond yn lle treio dal pen rheswm ag ef talodd am bapur arall, er bod hynny'n gas ganddi gan nad oedd ganddi geiniog i'w sbario.

Oddi yno aeth i'r siop fara lle y galwai ddwywaith yr wythnos am dorth, bob dydd Mawrth (heddiw mae'n ddydd Iau) am ugain munud wedi saith. Edrychodd y ferch oedd yn gweithio yn y siop arni'n syn. Roedd y ferch yn nabod Miss Parry er nad oedd Miss Parry yn gwybod ei henw hi (Doris). On'd oedd Miss Parry newydd gasglu'i thorth, gofynnodd. Wrth gwrs, dywedodd Miss Parry na fu hi yn y siop a gofynnodd am gael gair gyda'r pobydd ei hun, dyn o'r enw Mr Corliss. Dywedodd wrth Mr Corliss fod ei ferch wedi gwneud camgymeriad a rhoi'r dorth yr oedd hi wedi talu amdani ymlaen llaw ddechrau'r mis i rywun arall. Ymddiheurodd Mr Corliss yn llaes (yn lle dadlau; nid un i dynnu'n groes mohono) a rhoi torth arall iddi. Gadawodd Miss Parry y popty gyda'r ferch yn ei dagrau.

Ond fe ddigwyddodd peth tebyg yn siop y cigydd ac mewn siopau eraill. A oedd y siopwyr i gyd wedi drysu neu a oedd rhyw fenyw a edrychai'n debyg iddi hi wedi mynd ar hyd y stryd i bob siop gan gymryd arni mai hyhi, Miss Parry, oedd hi? I ba bwrpas? Am bapur a thorth a thamaid o gig a llysiau a nwyddau bach eraill?

Aeth Miss Parry yn ôl i'w llety wedi blino ar ôl gorfod pledio'i hachos gyda chynifer o bobl y bore hwnnw; weithiau, fel yn y popty, fe gariodd y dydd ond bryd arall, fel yn y siop bapurau, fe fu'n rhaid iddi ildio, nid oedd ganddi ddewis. Diolch i ryw fenyw ddieithr felly, roedd hi ar ei cholled o sawl swllt.

Ond pan aeth i mewn i'r tŷ lle roedd hi'n byw dyna lle roedd ei lletywraig yn sefyll yn y pasej. Mynegodd Mrs Randles syndod ei gweld eto. Eto? gofynnodd Miss Parry.

Ie, on'd oedd hi newydd ddod i mewn ac wedi mynd lan i'w stafell? Nag oedd, roedd hi'n amhosibl, on'd oedd ei hallweddi i'r drws ffrynt a'i stafell yn ei dwylo? Aeth Mrs Randles lan i'r stafell gyda hi a phan agorwyd y drws doedd neb i gael ond doedd pethau ddim fel y'u gadawyd hwy gan Miss Parry y bore hwnnw. Roedd y papurau ar ei desg fechan wedi cael eu symud a rhannau o'i jig-so wedi'u cwblhau. Gwnaeth Miss Parry gyfrif sydyn o'i heiddo ond er nad oedd dim i'w weld ar goll yn y gegin fach, dyna lle roedd y papur a'r bara a'r cig a'r negesau eraill. Felly roedd ganddi ddau o bob peth yr oedd arni'i angen. Ni allai hi na Mrs Randles ddeall y peth. Yn wir, roedd Mrs Randles yn barod i dyngu llw ar y Beibl iddi weld Miss Parry yn dod i mewn ac yn mynd lan i'w stafell ryw hanner awr yn gynt nag arfer, ac roedden nhw wedi cyfarch ei gilydd.

'Dyna fore rhyfedd,' meddyliai Miss Parry yn ei stafell ar ei phen ei hun wrth hwylio te bedwar y prynhawn ac wrth ystyried beth i'w wneud gyda'r holl nwyddau gormodol a diangen. Oedd hi'n dechrau drysu, oedd hi'n bosibl iddi godi'n foreuach nag arfer ac yna iddi fynd mas a gwneud popeth yr eildro? Nag oedd, doedd hi ddim yn bosibl. Ni fyddai'n gwneud ffasiwn beth heb yn wybod iddi hi'i hun.

Yn y prynhawn, yn ôl ei harfer, aeth am dro yn y parc. Ac unwaith yn rhagor dyna bob un yn rhyfeddu ei gweld hi am yr ail dro y diwrnod hwnnw.

Pwy oedd y person oedd yn achub y blaen arni o ryw hanner awr ble bynnag yr âi? Ac on'd oedd hi'n anodd credu na allai neb wahaniaethu rhyngddi hi a'r dieithryn? Wedi'r cyfan, hyd yn oed yn achos gefeilliaid on'd oedd peth gwahaniaeth rhwng y ddau bob amser? A doedd gan Miss Parry ddim gefeilles. Penderfynodd Miss Parry y byddai'n holi'r person nesaf fyddai'n dweud mai dyna'r ail dro iddi gael ei gweld. Ni fu'n rhaid iddi aros yn hir. Pan aeth yn ôl i'w lety dyma Miss Parry yn cyfarfod â'r fenyw oedd yn byw drws nesaf iddi, Miss Penniston. Honnodd Miss Penniston iddi gwrdd â Miss Parry hanner awr yn ôl ar y landin. Ar y pryd roedd Miss Parry yn dal i fod yn y parc yn bwydo'r hwyaid ar y llyn, roedd hi wedi edrych ar ei watsh. Felly gofynnodd Miss Parry a oedd Miss Penniston yn gwbl sicr mai hyhi, Miss Parry, oedd y fenyw a welsai ar y landin a neb arall. Oedd, roedd Miss Penniston yn hollol bendant. Beth am ei dillad? Roedd hi'n gwisgo'r un peth.

Am saith o'r gloch yr hwyr byddai Miss Parry yn mynd at ei desg i sgrifennu; dim gwahaniaeth os oedd ganddi gyhoeddwr ar gyfer ei stori neu beidio, fe sgrifennai bob dydd, am awr a hanner cyn hwylio i fynd i'w gwely. Y noson honno fe sylwodd fod pedair llinell wedi cael eu hychwanegu at y stori fel y gadawsai hi neithiwr – nid oedd hi wedi sylwi ar hynny pan ddaethai hi a Mrs Randles i'r stafell yn gynt. Roedd yr ysgrifen yn gwmws yr un peth â'i hysgrifen ei hun. Aeth ias oer fel cyllell drwy'i chalon.

Aeth i'r gwely'n gynnar y noson honno mewn penbleth ond, afraid dweud, prin y cysgodd.

Dyna ni wedi delio â'r tro cyntaf i hynny ddigwydd i Miss Parry ac ni ddigwyddodd dim tebyg eto am fisoedd lawer. Ond wedyn fe ddigwyddai eto o bryd i'w gilydd ac wrth iddi fynd yn hŷn fe fyddai'n digwydd yn amlach. Yn y diwedd, pan fyddai'n mynd i'r siop bapurau a Mr Murdie yn dweud ei bod hi wedi cael y papur yn barod y diwrnod hwnnw ni fyddai'n trafferthu i fynd i'r siopau eraill gan y gwyddai y byddai'r negesau i gyd yn ei disgwyl yn ei stafell erbyn iddi gyrraedd adre yn nes ymlaen. Er mor annifyr oedd y teimlad pan glywai rai'n taeru mai dyna'r ail dro iddi gael ei gweld y diwrnod hwnnw, a hithau heb gwrdd â neb cyn hynny, fe ddysgodd sut i ddelio â'r profiad. Bob yn dipyn bach, dros y blynyddoedd, fe ddaeth yn gyfarwydd â'r dirgelwch. Fe ddaeth i ddeall nad oedd yn beth i boeni yn ormodol yn ei gylch. Er nad oedd ganddi unrhyw reolaeth dros yr Un Arall, y Llall, fel y meddyliai amdani, anaml y gwnâi honno unrhyw beth i godi cywilydd arni.

Maentumiodd Mr Drury a werthai ffrwythau iddi fod yn hynod anghwrtais wrtho yn gynharach un bore a'i fod e'n falch ei bod hi wedi dod yn ei hôl i ymddiheuro am ei alw'n 'epa'. Ymddiheurodd, er nad hyhi eithr y Llall oedd yn euog; roedd hi'n haws na threio egluro. Beth bynnag, roedd e'n debycach i fwnci nag i epa. Ond cafodd Miss Parry ofid pan ddywedodd ei chymdoges drws nesaf, Miss Penniston, iddi synnu gweld menyw mor barchus â hithau'n gwneud sŵn aflednais a phlentynnaidd wrth ei phasio ar y landin. Gofynnodd un o'r menywod yn y parc un prynhawn pam oedd hi wedi estyn cic i'w phecinî. Ni ddigwyddai peth fel hyn yn aml ond yn amlwg fe allai'r Llall fod yn ddireidus a mympwyol o bryd i'w gilydd.

Aeth Miss Parry i weld ei meddyg oedd yn Gymro Cymraeg o'r enw Dr Morgan.

'Dwi'n synnu'ch gweld chi eto mor fuan, Miss Parry,' meddai Dr Morgan a hanai o rywle yn y de.

'Ond tydw i ddim wedi bod 'ma ers ryw ddwy flynadd a mwy,' meddai Miss Parry.

'On'd oeddech chi yma ddoe yn 'y ngweld i ynglŷn â phoen yn eich pen?'

Dyna gyfle Miss Parry i egluro popeth am y Llall ac fel yr oedd honno'n mynd ar hyd y dre yn achub y blaen arni ac weithiau, yn ddiweddar, yn achosi cryn embaras iddi. Wrth gwrs, fe ddywedodd y doctor fod popeth yn ei phen ac nad oedd Un Arall i gael. Y diwrnod o'r blaen pan ddaeth hi i'w weld e ynglŷn â'i phen tost hyhi a neb arall oedd wedi dod i'w weld, er nad oedd hi'n cofio dim amdani. Rhoes iddi ryw dabledi bach glas 'at ei nerfau'. Ond ni chymerodd Miss Parry yr un o'i dabledi. Gwyddai yn wahanol i'r doctor fod yna berson arall yn cymryd ei lle hi weithiau, yn ei dynwared hi, yn gwisgo'r un dillad â hi, ac yn twyllo pobl eraill. Fe deimlai Miss Parry awydd cwrdd â'r fenyw arall wyneb yn wyneb, i sefyll o'i blaen hi a gofyn iddi yn blwmp ac yn blaen beth oedd hi'n treio gwneud. Petai ond yn gallu cael cipolwg arni efallai y gallai hi redeg ar ei hôl hi a'i dal hi wrth ei chastiau.

Aeth Miss Parry yn ôl i'w llety ac aeth i eistedd yn y gadair freichiau i ddarllen ei llyfr, nofel gan Dostoiefsci, ac roedd hi'n grac iawn pan welodd fod ei nodlyfr wedi cael ei symud ymlaen wyth tudalen.

Y Ford

(I Rhian Haf Owen. Diolch am yr ysbrydoliaeth.)

Doedd gan Melinda ddim hiraeth am ei magwraeth werinol yng nghefn gwlad Cymru. Wrth iddi baratoi gwledd ar gyfer criw dethol o'r hyn y cyfrifai hi yn hoelion wyth y cylch ymfalchïai yn ei chartref modern (stafelloedd braf, ffenestri llydan) a ddyluniwyd gan ei diweddar ŵr, Meirion y pensaer (hedd i'w lwch, diolch am ei arian), ac ymhyfrydai yn ei chwaeth ei hun a'r holl bethau a ddysgodd wrth fyw yn Llundain ac wrth ymweld â Pharis a Milan. On'd oedd y cyfan yn ysblennydd? Yn wir, dyna pam yr oedd hi wedi trefnu'r cinio arbennig hwn: i ddangos i'w chymdogion yn y dre ddinod hon yng Nghymru fel yr oedd pobl yn byw mewn rhannau eraill o'r byd yn 1961. Go brin y byddai'r un ohonynt wedi gweld percoladur coffi na set ffondw heb sôn am gelfi gan Eames a Pierre Cardin a Robin Day. Ond nid mater o ymffrostio a dangos ei hun oedd hyn i gyd (er ei fod yn elfen ohoni) eithr dymuniad i roi tipyn o addysg i'w ffrindiau ac, wrth wneud hynny, lusgo'r Cymry hyn i'r byd newydd modern, efallai.

Roedd hi wedi gwahodd y meddyg teulu Dr Hopkins a'i wraig, Mr Reynolds y prifathro a'i wraig yntau a Mr Jones y gweinidog a'i wraig Bet, yr unig un o'r criw roedd

Melinda yn ei nabod yn o lew. Pobl ganol oed, ddeallus ond hen ffasiwn. Serch hynny, gobeithiai Melinda y byddai'r ymddiddan rhyngddynt y noson honno yn ddifyr. Gwyddai fod y gweinidog a'r prifathro yn rhai digon siaradus a bod Bet, er gwaetha' ei chulni, yn barod i holi ac i edrych ar bethau mewn goleuni newydd pe câi'r cyfle.

Ychydig o funudau cyn iddynt gyrraedd aeth Melinda lan i'r stafell fwyta (oni fydden nhw'n synnu i weld bod y stafell fwyta a'r gegin lan lofft?) er mwyn cael un cipolwg arall ar y ford hir. Arlwyo'r ford yn gelfydd oedd ei phrif bleser. Yn wir, gadawsai'r gwaith coginio i Mrs Lloyd (diolch amdani) dan ei chyfarwyddyd hi a chan roi'r ryseitiau iddi, afraid dweud. A dyna lle roedd hi, y ford dderw hir, yn wledd i'r llygaid yn barod am y wledd go iawn a'r gwesteion. Y platiau mawr gwyn yn disgleirio fel lleuadau dan olau'r canhwyllau coch, y canwyllbrennau arian hirdal a'r lliain amryliw llachar gan Lucienne Day yn dwyn i gof luniau Kandinsky yn gorchuddio'r ford hirgul gan Pierre Cardin yr oedd Melinda mor falch ohoni – trueni'i chuddio. Llamodd ei chalon gan hapusrwydd dan ei bron wrth weld sioe mor ddeniadol. Ei chreadigaeth ei hun. Ar hynny canodd y gloch.

Y cyntaf i gyrraedd oedd Mr a Mrs Reynolds. Edmygodd Mrs Reynolds ffrog sidan goch Melinda oedd yn hir reit lawr at ei thraed ond yn brin iawn, ym marn Mrs Reynolds (er na ddywedodd hynny), o gwmpas ei hysgwyddau a'i chefn a'i mynwes o ran hynny. Doedd dim rhaid iddi lefaru'i hanghymeradwyaeth o gwbl gan fod Melinda wedi'i synhwyro'n syth. Chymerodd hi ddim sylw. Canodd y gloch eto a dyna lle roedd Mr a Mrs Jones a Dr a Mrs Hopkins. Gyda'i gilydd. Cymerodd Melinda eu cotiau, eu hetiau a'u hymbarelau (roedd hi'n bwrw a thrwy sôn am y tywydd torrwyd y garw yn rhwydd) a'u rhoi nhw i gyd i Mrs Lloyd (oedd yn dal i lafurio yn ddirwgnach yn y gegin). Aethent i gyd i'r lolfa. Eisteddent yn betrus yn y cadeiriau amheus ac wrth i Melinda gynnig powlenni bach o gnau hallt iddynt a bob o sieri bach ('Tamaid i aros pryd!') edmygwyd y lluniau (annealladwy) ar y muriau a'r cerfluniau (ffigurau tenau estynedig, arallfydol) ar y silffoedd a'r bordydd bychain. Suddai'u traed i'r carpedi. Roedd Mrs Reynolds a Mrs Hopkins yn swil ac roedd Bet, yn ôl ei harfer, yn llawn ansicrwydd a phryder ar y naill law ac awydd i siarad a chymryd rhan mewn pethau ar y llall. Wrth lwc roedd y dynion i gyd yn fwrlwm o sgyrsiau o'r dechrau. Mr Reynolds yn fachgen bochgernog tywyll, hollwybodus, Dr Hopkins yn sgerbwd o ddyn main, cwrtais ond digyfaddawd ei farn a'r gweinidog yn ddyn bach y cornelau: porthai'r sgwrs drwy dynnu ar ei getyn gan gynnig sylw bachog a chyrhaeddgar bob hyn a hyn. Roedd Melinda ar ben ei digon, hyhi oedd yr unig fenyw a allai gystadlu â'r dynion bach hunandybus hyn. O'r pedair hyhi oedd yr unig un oedd yn barod i'w herio nhw. Cysgodion i'w gwŷr oedd y menywod eraill, wedi'u diffinio gan eu swyddi hwy.

'Dwi ddim yn gweld pwrpas y peth,' meddai Mr Reynolds.

'Ond rhaid i ddyn arbrofi a lledaenu'i orwelion,' meddai Dr Hopkins.

'A beth yw'r gost?' gofynnodd y gweinidog.

'Dwi'n synnu atoch chi a chithau'n weinidog yr efengyl,' meddai Dr Hopkins, 'yn pwyso a mesur popeth yn nhermau arian.'

'Na, nace am y pris roeddwn i'n sôn, Dr Hopkins, eithr am y gost i ni fel dynolryw. Pe anfonem ni greaduriaid a dynion i'r gofod ac wedyn i'r lleuad a phwy a ŵyr i ble arall, beth pe bai hynny yn gwneud niwed di-alw-yn-ôl?'

'Beth pe bai Columbus a Cook a Mungo Park wedi siarad fel'na?' gofynnodd y doctor.

'Cofiwch be ddigwyddodd i Gapten Cook a Mungo Park,' meddai Bet.

'Wel dwi'n mawr obeithio y do'n nhw o hyd i bobloedd eraill ar y planedau 'na,' meddai Melinda, 'efallai cawn ni well dynion wedyn.'

O'r diwedd chwarddodd y dynion (am un rheswm) a'u gwragedd (am reswm arall) gan ymlacio peth. Yna fe alwodd Mrs Lloyd i ddweud bod bwyd yn barod a thywysodd Melinda ei chwmni lan y grisiau i'r stafell fwyta.

'Mae hyn yn ddigon o ryfeddod, Melinda!' Bet oedd y person cyntaf i edmygu'i chrefftwaith, er mawr foddhad i Melinda.

'Eisteddwch,' meddai a doedd hi ddim yn synnu i weld pob gwraig yn mynd i eistedd gyferbyn â'i gŵr. Eisteddodd Melinda ar ben y ford gan gymryd ei hannibyniaeth yn ganiataol.

Coctel corgimychiaid oedd y saig gyntaf; peth pinc a dieithr i bob un ond Melinda. Bet a'r gweinidog oedd yr agosaf at Melinda a synhwyrai hithau rhyw dyndra rhyngddynt wrth iddynt dwrio'n dawel yn eu powlenni gwydr am y stwnsh gwyngoch pysgodlyd.

'Sut mae'ch mab?' gofynnodd Melinda.

'Mae Geraint yn mynd drwy gyfnod anodd,' meddai Bet.

'Tyfu mae o, wsti,' meddai Mr Jones.

'Pe bai e'n byw yn Ffrainc,' meddai Melinda, 'fe fyddai sawl cariad 'dag e erbyn hyn ac un neu ddou blentyn siawns mwy na thebyg.' A chymerodd Melinda ddracht o win ar ôl y datganiad hwn; on'd oedd hi wedi taflu asgwrn rhwng y cŵn? Ond yn lle cael trafodaeth fywiog ynglŷn â moesoldeb, rhwygwyd yr awyrgylch ffurfiol-gwrtais gan sgrech amhersain oddi wrth Mrs Hopkins, na ddywedasai'r un gair cyn hyn.

'Mae rhywbeth dan y bwrdd!' ebychodd yn fraw i gyd gan neidio i'w thraed. Cododd y dynion ymylon y lliain.

'Peidiwch â phoeni,' meddai Melinda, 'dim ond Mr Jenkins yw e.'

Edrychodd pawb arni'n syn.

'Mr Jenkins, man a man i chi ddod mas i gwrdd â phawb.'

Ac ar y gair dyma ddyn canol oed o daldra cymedrol yn cropian mas, yn sefyll ac yn cyfarch y parti gyda gwên.

'Noswaith dda,' meddai.

'Ydy o wedi bod dan y bwrdd drwy'r amser?' gofynnodd Dr Hopkins yn flin.

'Wrth gwrs,' meddai Melinda, 'dyna lle mae e'n byw. Nawr, eisteddwch eto, wnewch chi?'

'Ond sut mae dyn yn medru byw dan fwrdd?' gofynnodd Bet.

'Digon hawdd,' meddai Melinda.

'Gwneud gwaith i Mrs Harries oeddwn i,' meddai Mr Jenkins, 'trwsio pethach, wyddoch chi, a phan welish i'r bwrdd 'ma dwedish i, "Mae'r bwrdd 'na'n fwy na'r bwthyn lle dwi'n byw," meddwn i, yn do fe, Mrs Harries?'

'Do,' cytunodd Melinda, 'a dyma fi'n gweud wrtho, "Wel pam nei di ddim dod i fyw oddi tano fe 'te?"'

'Ac felly bu,' meddai Mr Jenkins gan wenu o glust i glust. 'Well i mi fynd yn ôl rŵan, Mrs Harries, dwi ddim eisio sbwylio'ch swper chi.'

A llithrodd Mr Jenkins dan y bwrdd eto.

'Sut yn y byd mae dyn yn gallu byw dan fwrdd yn nhŷ rhywun arall?' gofynnodd Mrs Reynolds.

'Pam lai? Mae digon o le 'na,' meddai Melinda yn ddidaro.

Ar hynny daeth Mrs Lloyd o'r gegin.

'Ydach chi'n barod am y cwrs nesa, Mrs Harries?'

'Ydyn, diolch Mrs Lloyd, dewch â fe mewn os gwelwch yn dda.'

''Dach chi ddim yn meddwl ein bod ni'n mynd i gario ymlaen i f'yta gyda rhyw ddyn dan y bwrdd, siawns?' meddai Mr Reynolds.

'Pam lai?' meddai Melinda gan godi ei haeliau (dwy arch ddu uwchben ei llygaid gwyrdd), 'does 'da fe ddim lle arall i fynd. Ma fe wedi gadael ei fwthyn chi'n gweld.'

'Dwi ddim yn meddwl bod hyn yn iawn, Handel,' meddai Mrs Hopkins wrth ei gŵr, 'gadewch inni fynd.'

'A ninnau,' meddai Mrs Reynolds, 'well i ninnau fynd hefyd.'

'Ond allwch chi ddim,' meddai Melinda, 'dyma'r caserol yn dod ac wedyn mae gyda ni ffondw a choffi drwy bercoladur!'

'Gyda phob parch, Mrs Harries, a diolch am y cwrs cyntaf, roedd o'n flasus iawn, rydw i'n meddwl mai'r peth gorau fyddai i mi a Mrs Hopkins ymadael â chi rŵan.'

'A ninnau,' meddai Mrs Reynolds eto.

'Iawn 'te,' meddai Melinda yn llawn siom a chan weiddi i gyfeiriad y gegin mewn llais diamynedd, 'Mrs Lloyd? Mae Dr a Mrs Hopkins a Mr a Mrs Reynolds am ein gadael ni, wnewch chi ffeindio eu cotiau a'u hetiau ac yn y blaen?'

A heb symud o'i chadair dymunodd Melinda noswaith dda i'r pedwar wrth iddynt fynd lawr y grisiau.

'Ond dydych chi ddim yn mynd, nag y'ch chi?'

'Nag ydyn,' meddai Bet gan gymryd ei sêt a gwnaeth Gruff yr un peth.

'Ga i'ch helpu chi i beth o'r caserol blasus 'ma?' gofynnodd Melinda. 'Mae'r cig wedi'i goginio mewn gwin coch, wyddoch chi.'

Y Gaethferch

Pe bai un ohonynt yn galw am ddŵr, hyhi fyddai'n ôl powlen; pe bai un ohonynt yn galw am olau, hyhi fyddai'n ôl cannwyll; a phe bai un ohonynt yn mynnu'i bod hi'n mynd i'w wely, wiw iddi'i wrthod. Oherwydd yr ufudd-dod hwn, tybient eu bod yn feistri arni a hithau'n gaethferch ac yn eiddo iddynt. Ond un peth yw bod yn ddof dan orfodaeth, peth arall yw plygu yn y galon. Un peth yw bod yn gaeth yn gorfforol, peth arall yw rhyddid ysbryd.

Pan gipiwyd hi o'i phentref fe wyddai fod ei dyddiau wedi'u rhifo ond cawsai fwy o ddyddiau yn ei rhwymau lledr a'i chadwyni nag yr oedd hi wedi rhagweld. Fe'i harbedwyd oherwydd ei bod hi'n bert pan gurwyd ei chydbentrefwyr yn greulon hyd farwolaeth. Teimlai hithau genfigen wrthynt ac fe fyddai wedi cyfnewid lle â hwy yn lle bod yn degan yn nwylo'r anwariaid hyn.

Nid yn dawel fach yr ildiodd i'w gwastrodaeth. Derbyniodd lach eu ffrewyllau heb grio, er gwaetha'r boen a'r sarhad. Wynebodd eu chwipiau'n ddewr hyd y gallai ond yn y diwedd fe fu'n rhaid iddi wneud fel y gorchmynnent. Bellach nid ei symudiadau ei hun oedd symudiadau ei chorff eithr symudai ar alwad un ohonynt. Nid ei chorff ei hun oedd ei chorff ond yr eiddynt hwy i'w ddefnyddio fel y mynnent.

Yn ei phen rhedai ac ehedai'i meddwl yn rhydd o hyd. Gorweddai drwy'r nos, wrth ochr un o'u dynion hwy, ac yntau'n chwyrnu fel mochyn (yn wir, meddyliai amdanynt fel pethau gwaeth na moch), gan feddwl am ei chartref ac am ei thylwyth. Roedd hi'n gallu galw i gof y bryniau, yr afonydd a'r coed lle roedd ysbrydion ei bro yn byw. Wrth iddi gau ei llygaid ymrithiai'i mam a'i thad a'i brodyr o'i blaen. Petai'n estyn ei llaw fe allai hi gyffwrdd â hwy – ond rhithiau oeddent. Gwyddai fod ei mam a'i thad wedi cael eu lladd gan yr anwariaid pan ymosodasant ar eu gwersyll. Ond tybiai fod ei brodyr wedi llwyddo i ddianc. Ac eto, dyma hwythau yn dod i ymweld â hi ym myd yr ysbrydion. Erfyniai hithau arnynt am gael dod i ymuno â hwy. Galwai hefyd ar ei hoff dduwiau am nawdd ac am waredigaeth – galwai ar Frân, ar Riannon, ar Arthur. Fe deimlai yn ffyddiog y byddai Arthur, brenin eu hynafiaid, yn trechu'r bobl ffyrnig, aflan hyn. Arthur fyddai'n gorchfygu'r gelyn.

Nid oedd hi'n coleddu unrhyw obaith ffôl am gael dianc a mynd yn ôl i'w gwlad ei hun at ei phobl ei hun nawr. Ar ôl ei chipio roedd y daith yn eu certi yn un hirfaith, yn daith wythnos a mwy. Doedd ganddi ddim amcan lle yn y byd yr oedd hi nawr; ni allai holi neb gan nad oedd hi'n cael siarad â'r estroniaid ac nid oedd yn deall eu hiaith er iddi gael ei gorfodi i ddilyn eu gorchmynion – ar un ystyr, creulondeb oedd eu hiaith. Wrth gwrs, roedd sawl un o'i chydwladwyr yn gaethweision yn yr un twll â hithau, ambell ferch ac un neu ddau ddyn, ond wiw iddi yngan gair yn ei hiaith ei hun wrth yr un ohonynt. Y fflangell fyddai'r pris am wneud hynny ac fe fyddai hi a'r un y ceisiodd siarad ag ef neu hi yn cael eu curo a'u blingo'n fyw. Fe welsai hyn yn digwydd i un o'i ffrindiau gorau a gawsai'i chipio o'r un pentref â hithau ar yr un pryd â hi. Sibrydodd y ferch hon air wrth un o'r dynion wrth basio a chafodd y ddau eu pastynu nes na allai'r naill na'r llall godi o'r llawr a gadawyd iddynt farw yn y fan a'r lle. Ar ben hynny, cedwid hi a'i chyd-Gymry ar wahân fel na allai'r cyfle na'r temtasiwn i gyfathrebu godi yn aml.

Rhaid iddi gyfaddef, serch hynny, fod un o'u dynion hwy yn llai mochaidd wrthi na'r lleill. Gwyddai hithau wrth y ffordd y byddai hwn yn ei llygadu hi fod ei deimladau yn ddyfnach na'r lleill, a phe bai ef yn cael ei ffordd ni fyddai'r un dyn arall yn cael ei chwmni gyda'r nos. Ond roedd e'n gorfod aros ei dro. A phan ddeuai'r tro hwnnw, efe oedd y tyneraf o'r gwŷr barbaraidd hyn. Roedd e wedi ymserchu ynddi yn ei ffordd fwystfilaidd ei hun, roedd hi'n deall hynny. Ai ei blentyn ef ynteu un o'r lleill oedd yn tyfu yn ei bol? A beth oedd yn mynd i ddigwydd i'r plentyn cymysgryw hwn pan aned ef? A fyddai'n cael ei ladd? A gâi hithau ei fagu? A fyddai'n cael ei fagu fel un ohonyn nhw? A phe bai'n cael ei arbed, beth fyddai'i hagwedd hithau tuag ato? A fyddai hi'n gallu caru'r peth fel mam, ynteu a fyddai'n ei wrthod fel y gwnâi'r ast gydag ambell un o'i chenawon ei hun am y gwyddai fod rhyw nam arnynt? Nid oedd tynged y plentyn yn ei dwylo hi, beth bynnag. Efallai y byddai hithau'n marw wrth ei eni. On'd oedd hynny'n digwydd i sawl menyw?

Hiraethai am ei phobl ei hun, er nad oedd y tywydd bob amser yn braf pan oedd hi yn eu plith. Gallai'i thad fod yn gas wrthi ac i'w brodyr dim ond merch fach oedd hi; ychydig o wahaniaeth oedd rhwng ufudd-dod i'w thad a'i brodyr ac i'r gwŷr gwrthun hyn. Ond er y câi ambell glustan gan ei dynion ei hun, nid oedd hi'n byw dan fygythiad parhaus o'u tu hwy o funud i funud fel roedd hi nawr. Gwŷr mympwyol oedd rhain heb unrhyw reswm yn rheoli eu hwyliau hyd y gallai hi farnu. Anwadal oeddent. Gwylltient â hi heb iddi orfod gwneud dim i ennyn eu dicter. Roedd hi'n wahanol iddynt ac roedd ei bodolaeth yn eu hatgoffa o'u hangen i orchfygu'i phobl.

Edrychai ar y cymylau yn y ffurfafen gan erfyn arnynt i gario neges at ei llwyth, at ei brodyr yn enwedig, os oeddent yn fyw o hyd. Gwyddai mai ysbrydion y meirw oedd yr adar, felly rhaid bod rhai ohonynt yn ei hadnabod er bod ei phryd a'i gwedd wedi newid cymaint. Canolbwyntiai ar un ohonynt gan geisio cyfleu iddo, heb eiriau, ei dymuniad i adael i'w brodyr wybod ei bod hi'n fyw. Byw dan ormes, byw dan boen, ond byw serch hynny. Efallai y deuai ei brodyr i'w hachub a'i rhyddhau. Ond yn ei chalon fe wyddai na fyddai hynny'n dod i'w rhan.

Yna fe deimlai'r plentyn yn symud ac yn ymestyn ei freichiau a'i goesau yn ei chroth. Roedd yn gas ganddi feddwl am ddod â bywyd newydd i'r byd ofnadwy a dioddefus hwn. Beth bynnag oedd y baban hwn, yn fab neu'n elyn, ni ddymunai iddo groesi'r ffin rhwng terfynau'i chorff hi a'r byd hwn. Doedd dim angen dyn arall yn y byd i ychwanegu at ei ofid a'i flinder. Ac eto, ni allai ewyllysio iddo farw oddi mewn iddi. Roedd yn rhaid iddi ei gario. Weithiau fe gyneuid fflam gobaith ynddi; onid oedd pob dyn a gerddodd y ddaear wedi'i eni ac wedi dod o groth menyw? Pob dyn gan gynnwys yr anfeidrol rai fel Arthur ei hun. Nid oedd eithriad. Pam na allai'r dyn newydd hwn fod yn gyfuniad o'i hil hi a hil ei dalwyr? Oni allai fod yn gymathiad newydd wedi'i fathu o fewn ei chorff hithau ac wedyn yn bont ac yn fodd i ddod â chymod rhwng y naill lwyth a'r llall, gan ddod â'r ddau ynghyd? Ond byrhoedlog oedd y fflachiadau hyn. Fe wyddai o brofiad nad oedd modd i ddynion gytuno. Hyd yn oed o fewn ei theulu'i hun, on'd oedd ei brodyr yn cweryla byth a hefyd? Hyd yn oed heb y gelyn oedd wedi'i chaethgludo roedd yna ryw anghydweld a ffrae yn codi rhwng cymdogion o fewn eu llwyth eu hunain. Ac afraid dweud, roedd y dynion gwyllt hyn oedd yn ei chadw hi yn erbyn ei hewyllys yng

ngyddfau'i gilydd drwy'r amser. Roedd gelyniaeth yng ngwaed
dynion. A phe bai'r baban yn ferch? A fyddai hynny'n gwneud
gwahaniaeth? Na fyddai. Pan laddwyd eu gwladweinwyr yn y
gorffennol pwy fyddai'n arwain gwŷr a gwragedd i'r gad ond
rhyw frenhines neu dywysoges, nid merch i gaethferch.

Cosai'r rhwymau lledr am ei breichiau ac am ei gwddf.
Ond yr hyn oedd yn cosi mewn gwirionedd oedd ei chroen.
Ysai am gael diosg ei phlisgyn croen gan ryddhau'i hysbryd fel
y gallai hedfan gyda'r adar a gadael y byd dolurus hwn a chael
aduniad gyda'i hynafiaid.

Ymwelydd Syr Thomas

Un prynhawn braf roedd Syr Thomas yn tendio ei rosynnod yn ei ardd yng nghefn Wern pan glywodd sŵn curo wrth y drws ffrynt. Gan nad oedd Lêdi Amy, ei wraig, gartref ar y pryd – a gyda llaw, nid yw o bwys lle roedd hi, mae'n bosibl ei bod hi wedi picio i'r dref i gael neges neu fel arall ei bod wedi galw ar un o'i chymdogion – felly, roedd yn rhaid i Syr Thomas ei hun fynd i ateb yn llewys ei grys. Pan agorodd y drws roedd e'n synnu i weld dieithryn tal yn sefyll yno. Nid yw'n syndod i ni fod yr ymwelydd yn ymddangos yn dal i Syr Thomas ac yntau yn ddyn o faintioli bychan fel sy'n hysbys – fe'i hadnabyddid fel 'Parry Bach'; wedi dweud hynny, roedd yr unigolyn hwn a safai yn y drws yn anghyffredin o dal. Tywyll hefyd, ei esgidiau yn ddu a sglein arnynt, ei ddillad yn ddu, siwt ddu drwsiadus. Roedd ei wallt hefyd yn ddu fel y frân. Ond roedd ei wyneb yn wyn ac yn esgyrnog. Tybiai Syr Thomas am eiliad taw Saunders Lewis oedd hwn ond yna fe gofiodd fod Mr Lewis yn fyrrach nag ef ei hun; roedd ei gyn-gydweithiwr, Gwenallt, yntau yn fyr hefyd; on'd oedd llenorion Cymru yn un criw mawr o gorachod? Beth bynnag, nid oedd Syr Thomas yn nabod hwn o gwbl ac nid oedd yn disgwyl i neb alw acw y prynhawn yma.

'Ga i'ch helpu chi?' gofynnodd Syr Thomas yn gwrtais gan deimlo braidd yn anghymen yn sefyll yno yn llewys ei grys o hyd.

'Ga i ddod i mewn os gwelwch yn dda?'

'Gwrandwch,' dechreuodd Syr Thomas, 'does arna i ddim isio prynu dim a does gen i ddim amser i drafod y Beibl heddiw na dim fel'na, mae'n bur ddrwg gen i.'

'Ga i ddod i mewn?'

A rhywsut neu'i gilydd fe lithrodd y dieithryn heibio i Syr Thomas i mewn i'r tŷ a phan droes yr Athro i edrych arno fe gaeodd y drws gyda chlep. A dyna lle roedd y dyn cwbl ddieithr a thal a bygythiol hwn yn sefyll ym mhasej ei gartref heb unrhyw fath o wahoddiad.

'Rŵan, rŵan,' dechreuodd y bardd ond torrodd yr ymwelydd ar ei draws.

'Myfi,' meddai gan estyn llaw wen oedd yn ddim ond esgyrn gwyn, 'myfi yw Angau.'

Aeth ias ofnadwy drwy gorff Syr Thomas a bu ond y dim iddo lewygu. Dyma'r awr y bu ef yn ei hofni ar hyd ei oes wedi dod o'r diwedd ac eto i gyd nid oedd yn barod amdani.

'Be? Heddiw? Ond dwi fel y gneuen, dwi ddim yn drybeilig o hen eto.'

'Dwi'n gwbod yn gwmws beth yw'ch oedran ac mae'ch amser wedi dod. Dewch, peidiwch â dadlau.'

'Ond 'y ngwraig, dydy hi ddim yma.'

'Dim ots.'

'Ond alla i ddim mynd eto, dwi'n fardd cadeiriog a choronog, enillais i'r dwbl dwbl. Mae gen i sawl doethuriaeth.'

'Dim gwa'niaeth.'

'Dwi'n erfyn arnoch chi, dim ond yn ddiweddar y ces i fy urddo'n farchog, dwi ddim wedi cael cyfle i gael dŵad yn gyfarwydd â chael 'y nghyfarch fel Syr Thomas eto.'

Edrychodd Angau ar ddarn o bapur roedd e wedi'i gymryd o boced fewnol ei siaced.

'Mae'n dweud yma i chi gael eich urddo 'nôl yn 1958! Bron i ddeunaw mlynedd yn ôl. Beth bynnag, nid yw'n gwneud unrhyw wa'niaeth. Does dim gwerth i unrhyw anrhydedd na gwobr yn y pen draw.'

'Ond mae gen i lyfr arall ar y gweill, dwi isio gadael corff mawr o waith ar f'ôl fel y bydda i'n cael 'y nghofio gan yr oesoedd a ddêl.'

'Twt lol. Ymhen deng mlynedd ar hugain fydd neb yn darllen unrhyw lyfrau heb sôn am eich llyfrau chi. Bydd pob un yn edrych ar beth o'r enw y We a fydd dim llyfrau i gael.'

'Ond beth am ein llên a'n diwylliant?'

'Wfft!' meddai'r cawr. ''Co, mae hyn yn waith diddiolch, wi'n gweithio fy nwylo hyd at yr esgyrn.' Ac estynnodd ei ddwylo i'w dangos i'r Athro. Neidiodd Syr Thomas gam yn ôl gan ei fod yn ofni bod yr ysbryd yn mynd i afael amdano gyda'i grafangau.

'Ond beth am yr Eisteddfod? Peidiwch â dweud nad oes dim dyfodol disglair i'n hannwyl Brifwyl?' meddai Syr Thomas yn y gobaith o gadw'r ddrychiolaeth i siarad am dipyn eto.

'Yn y dyfodol dim ond pobl yn eu pumdegau, eu chwedegau a'u saithdegau fydd yn cystadlu ac yn ennill y prif wobrau. Fe fydd hi'n llusgo byw am dipyn yn yr unfed ganrif ar hugain cyn chwythu'i phlwc.'

'O, gadewch i mi eistedd, dwi'n dechrau simsanu braidd.'

'Does dim amser i eistedd. Dewch. Mae'n hen bryd inni ei throi hi.'

'Ond beth yw'r brys? Beth am gael paned o de a bisgedi? Ydych chi'n chwarae gwyddbwyll?'

'Peidiwch â threio'r hen dric 'na arna i! Dwi wedi cael fy nal o'r blaen. Byth eto. Dewch nawr.'

'O'r gorau, o'r gorau, dwi'n dŵad. Ond alla i ddim mynd fel hyn yn llewys 'y nghrys! Gadewch i mi gael siaced, ac oes isio het lle 'dan ni'n mynd?'

'Nag oes, does dim eisiau het lle chi'n mynd, peidiwch â bod yn dwp. 'Sdim eisiau unrhyw ddillad o gwbl. Nawr, dewch ar unwaith!'

'Un munud,' a dyma Syr Thomas yn mynd ar ei liniau ac yn dechrau gweddïo yn daer, 'O maddau i mi, O Arglwydd Hollalluog, Ein Tad yr hwn wyt yn y nefoedd...'

'Howld on! Howld on! Nace amheuwr y'ch chi? Wel, does dim ots, mae'n rhy ddiweddar arnoch chi i gael crefydd nawr, a tasech chi wedi cael troedigaeth 'nôl yn 1912 fyddai hi ddim wedi gwneud iot o ots i chi!'

'Roedd Bob yn iawn felly?'

'Gadewch i mi'i rhoi hi fel hyn: 'sdim gwa'niaeth beth y'ch chi'n ei gredu na beth y'ch chi'n ei wneud gyda'ch einioes, yr un peth sy'n digwydd i chi i gyd.'

'Llonyddwch mawr?'

'Dyna ddigon o gwestiynau. Brysiwch!'

'Wel, yn hyn o beth nid oedd yr hen Bob yn iawn. Mae brys ar y Cychwr, er mai hen yw'r cwch.'

'Cychwr? Cwch? Does 'na ddim cwch. Dy'n ni ddim yn mynd ar long, w!'

'Beth yn union yw'r cam nesa? Mae arna i ormod o ofn.'

'Dy'n ni'n mynd lan lofft fel maen nhw'n gweud.'

'"Lan lofft"? I fyny'r grisiau? Lan stâr?'

'Nawr 'te! Peidiwch â chywiro 'Nghwmrêg i, ches i ddim dosbarth cyntaf yn yr iaith yn wahanol i chi, na dim gradd uwch o'r Sorbonne na Rhydychen ac yn y blaen. Dwi'n neud 'y ngorau. 'Sdim angen cymhwyster academaidd i neud 'y ngwaith i.'

''Na gyd dwi'n ei neud ydi nodi mai hwntw sydd wedi dŵad i'm hebrwng i i ochr draw'r llen.'

''Na fe, dwi wedi cael digon, dwi wedi derbyn digon o enwau cas oddi wrthoch chi dros y blynyddoedd – Pendychrynwr, Mei-lord yr Angau, Angau Gawr. Wel dyna ddigon. Dewch, does dim dewis 'da chi nawr.'

'Meddyliwch am effaith fy marwolaeth ar fy mro. Mae darnau ohono i ar hyd y lle.'

'Peidiwch â becso, fydd eich bro yn poeni dim. Dewch.'

O'r Dyfnder ac o'r Dechrau

('Cân imi, Wynt' a 'Cwmwl Haf')

Roedd ei salwch yn ddirgelwch llwyr i'r doctoriaid. Fe allai synhwyro dryswch y nyrsys na wydden nhw beth i'w roi iddo i liniaru'i boenau.

Roedd ei gorff ei hun fel petai'n troi arno, yn ymosod arno ef ei hun. Llosgai'i groen gyda miloedd o ddannedd bach yn ysu pob modfedd ohono. Gwingai'i gymalau, ei gluniau, ei bengliniau, ei ysgwyddau, ei fysedd. Aethai'n dywyll, dro yn ôl, roedd dydd a nos yn un iddo, ymdoddai'r naill i'r llall, a phrin y gallai yngan gair gan fod ei dafod yn farw yn ei ben. Roedd ei glyw yn pallu hefyd. Ynyswyd ef yn ei gorff ei hun. Carcharor oedd e yn ei feddwl ei hun. Teimlai'n arswydus o boeth ac yn ddychrynllyd o oer am yn ail ac o funud i funud. Fe wnaeth ymdrech enfawr un tro i ofyn am gael agor ffenestr.

'I think he's French,' meddai un o'r nyrsys, 'he's saying *"fenêtre".'*

Ac fe agorwyd y ffenestr ac fe ddaeth awel iach i mewn.

Oedd, roedd peth Ffrangeg gyda fe a pheth Sbaeneg a chrap ar yr Almaeneg, a thamaid o Eidaleg. Yn wir, roedd ganddo bytiau o sawl iaith gan gynnwys geiriau na wyddai i ba iaith nac i ba wlad roedden nhw'n perthyn. Eto i gyd, doedd e ddim wedi dysgu'r un iaith arall yn iawn. Wedi teithio i bedwar ban byd a chymysgu â dynion o bob cenedl roedd e wedi troi'n fwngrel o greadur. Pysgodyn neu rywbeth tebyg iddo oedd pysgodyn mewn nifer o ieithoedd, dyna beth od.

Aw! Am gael troi a gorwedd ar y naill ochr neu'r llall am dipyn o newid. Roedd ei gefn yn boen i gyd ac yntau'n gwbl ddiymadferth, heb nerth i symud gewyn. A phrin y gallai gynhyrchu sŵn er mwyn tynnu sylw neb i ddod ato. O bryd i'w gilydd deuent â dŵr i wlychu'i wefusau a bwyd weithiau ond ni allai oddef yr un tamaid, yr un diferyn. Yr oedd y doctoriaid wastad yn gofyn cwestiynau iddo:

'Who's the president?' Doedd e ddim yn siŵr wath doedd e ddim wedi cymryd fawr o sylw o bethau fel'na. A nawr ymddangosai'i anwybodaeth fel dryswch meddwl. Profi'i feddwl oedden nhw wedi'r cyfan.

'What year is it?'

'Nineteen fift...' Gwyddai'r ateb yn iawn ond ni allai gynhyrchu'r geiriau. Roedd hyn yn ei wylltio. Ei ddiffrwythder.

'What is your name?' Wrth gwrs, fe wyddai'i enw'i hun ond beth oedd diben ei ddweud?

'Do you have any relatives? Family?' Dyna gwestiwn arall oedd yn cael ei godi dro ar ôl tro. Yn wir, fe garai deimlo llaw ei fam eto ond doedd e ddim am roi'r boen iddi yn ei henaint o'i weld yn y stad hon. Roedd ganddo chwaer – dwy chwaer. Un fach ac un hŷn. Ond doedd e ddim yn gallu galw'u henwau i gof. Dim ond eu hwynebau, eu ffrogiau gwyn, eu gwallt hir gwinau. Roedd ei dad yn fwy aneglur. Roedd e'n cofio'i ddwylo, bysedd caled ag ôl gwaith arnyn nhw. Glöwr oedd e. Roedd ganddo frodyr hefyd. Brodyr mawr. Dynion oedden nhw a glowyr hefyd. Ac roedd ganddo frawd arall, hŷn nag ef ond yn agosach o ran oedran. Roedd e'n cofio mynd gydag ef i'r parc gyda hen gwch hwyliau bach glas. Yn sydyn cododd yr atgof yn fyw o flaen ei lygaid, ei frawd mewn trwser byr yn dodi'r cwch bach ar wyneb dŵr y llyn a hwnna yn gorwedd ar ei ochr wath doedd dim digon o wynt i godi'r hwyliau. Tipyn o siom, ond dyna'r pryd y rhoes ei fryd ar fynd yn forwr yn lle dilyn ei dad a'i frodyr lawr y pwll. Felly bu. Gadawodd yr ysgol ar y cyfle cyntaf a mynd i Lerpwl a gadael ar y llong gyntaf. Ac ni welsai'i deulu byth eto. Dieithriaid oedden nhw. Cymylau o atgofion. Doedd ei chwiorydd ddim yn ferched bach mwyach ond yn fenywod yn eu tridegau, yn briod ac yn famau, mae'n debyg, ac yntau'n ewythr i blant nad oedd ef yn eu nabod. Fe allai gofio Mot y ci yn well na'i dad a'i frodyr mawr. Deallai ei bod hi'n bosib bod ei fam wedi marw – wedi marw ers blynyddoedd mae'n debyg, pwy a ŵyr?

A nawr roedd y gwynt yn chwythu'n oer drwy'r ffenestr. Ond er iddo dreio dweud y gair eto ni ddaeth neb i'w chau.

Y peth olaf oedd ganddo oedd ei feddwl ac roedd hynny'n siŵr o ballu heb fod yn hir. Roedd e'n barod i groesawu hynny, pan ddeuai, fel dihangfa rhag ei gorff a'i flinder. Diddymdra. Dyna'i unig obaith nawr.

Ar y môr daethai'n agos iawn at farwolaeth sawl gwaith ac roedd pob cell yn ei gorff wedi crio am achubiaeth. Gwelsai'r tonnau'n codi fel tyrau uchaf dinasoedd America a'r llong yn cael ei chodi i'r entrychion un funud a'i thaflu i waelod yr eigion y funud nesaf. Doedd dim un anffyddiwr ar fwrdd y llong ar yr adegau hynny. Gwelsai hefyd fynyddoedd o rew yn y môr a oedd yn ei atgoffa o Eryri a gwelsai forfilod a siarcod oedd yn bwyta dynion. Un tro gwelsai fwystfil anferth fel sarff yn dod yn agos at y llong a gwelodd yr holl griw hyn hefyd. Gwelsai stormydd arswydus, tebyg i'r poenau oedd yn mynd trwy'i gorff nawr, a phob morwr yn gweddïo ac yn crio am ei fam fel plentyn bach. Ond gwaeth na'r môr a'i ddirgelion a'i fympwyon oedd y morwyr eraill. Roedd y rhan fwyaf ohonyn nhw'n iawn ond roedd rhai cas i gael a chawsai'i fygwth a'i ddychryn gan sawl un ohonyn nhw. Roedd ganddo ffrind da, dro yn ôl oedd hyn, bachgen croenddu; roedd pawb ar y llong yn galw Sambo arno, ond nid Sambo oedd ei enw go iawn – peth dyfrllyd a hyblyg oedd hunaniaeth ar fwrdd llong, prin oedd enwau bedydd neb yn cael eu defnyddio, roedd gan bob un ei lysenw digon ystrydebol: Jock a Paddy a Ginger a Fatso; ei enw ef yn anochel oedd Taffy. Ond fe dorrwyd gwddwg Sambo o glust i glust un noson wrth iddo gysgu yn ei wely crog. Gwyddai pob un ar y llong honno pwy oedd y llofrudd ond roedd pob un yn ei ofni gormod i'w gyhuddo.

'Do you remember your name?' Oedd, roedd e'n cofio'i enw'i hun ond mater arall oedd ei lefaru a'i dafod fel carreg fedd yn ei ben. Twpdra'r peth. Gofyn cwestiwn iddo ac yntau'n gorfforol anabl i'w ateb. Ond pe bai'n gallu siarad, a fyddai'n dweud? Rywbryd yn ystod ei deithiau a'i waith ar y llongau collasai'i hen hunan gwreiddiol ynghyd â'r enw a roes ei rieni iddo, yr hen hunan hwnna a aeth yng nghwmni'i frawd i ddodi cwch hwyliau bach ar ddŵr llyn y parc, yr un a dynnodd wallt ei chwiorydd ac a gurodd Mot y ci. Claddwyd yr hen hunan hwnnw ynghyd â chorff Sambo – er nad Sambo oedd ei enw chwaith – yn y môr.

Ac weithiau nawr fe deimlai'i hunan yn mynd ac yn dod. Peth gwan oedd e, fflam cannwyll ar noson awelog. Yr unig beth sicr a hollbresennol oedd poen ei gorff. Roedd arteithiau'r tostrwydd yn amrywiol ond yn un cnwbyn o ing, a'r ddirboen yma oedd bywyd iddo nawr. Ni wyddai ai hanner dydd oedd hi neu ynteu gefn trymedd nos; roedd popeth yn dywyll. Gorweddai'r blancedi arno fel haenau o blwm. Cosai'i wallt, ei draed, ei drwyn ond ni allai symud.

Pwy fuasai'n meddwl taw gwynfyd yw'r gallu i grafu man sy'n cosi? Uffern yw'r anallu.

Ac roedd achos hyn i gyd yn ddirgelwch. Flwyddyn yn ôl dechreuodd deimlo'n dost. Ni allai fwyta, roedd ganddo boenau yn ei goesau, roedd ei drwyn yn rhedeg o hyd, ei groen yn cosi ac yn troi'n goch ac wedyn yn ddu. Ac yna aeth o ddrwg i waeth yn sydyn iawn, a doedd dim byd roedd y doctoriaid yn ei roi iddo yn gweithio. A nawr, fel y gwyddai'n iawn, roedd y diwedd yn prysur agosáu. Byddai'n braf cael gwybod beth oedd wedi achosi i'w gorff ei hun ymosod arno fel siarc yn llarpio dyn, fel y weilgi yn traflyncu llong. O ble y daethai'r salwch hwn a pham y cawsai ef ei ddewis ganddo? Ond pa haws fyddai o gael gwybod? Beth yw'r ots i'r claf os yw'n gwybod enw'r clefyd sy'n ei ladd neu beidio? Oni bai fod yna feddyginiaeth i gael i'w wella mae gwybodaeth yn ddiwerth.

Gadawsai'r cwm fel crwtyn eiddil; tyfodd yn ddyn cydnerth a ymfalchïai yn ei gorff cyhyrog; bellach dyma fe yn ei eiddilwch eto a'i sgerbwd o gorff yn dadelfennu, yn datgyfannu o flaen ei lygaid fel petai, yn ymddatod o gwmpas cnewyllyn ei hunan. Roedd e'n pydru'n fyw; mysgu oedd ei aelodau a'i gnawd a'i ewynnau ar ei esgyrn ei hun. Ei ymwybyddiaeth oedd ei hanfod nawr a pheth brau oedd honno. Y tro nesaf iddo gysgu efallai na fyddai'n dihuno. Ac eto ni allai wahaniaethu rhwng ei freuddwydion a bod yn effro, roedd y ffin mor aneglur. Ai hunllef erchyll oedd y cyfan? Nage, gwyddai fod ei boenau a'i wendid a'i gyfog yn ffeithiau diymwad ac nad oedd unrhyw hunllef yn para cyhyd â hyn.

'Where do you come from? Parlez-vous français? Do you remember when you came to America?' Mae'n debyg eu bod nhw'n gwybod yr atebion i'r cwestiynau hyn yn iawn. Ei brofi oedden nhw. Ymgais i asesu'i feddwl. Wel, meddyliai, dyma ambell gwestiwn i chi. Pam y'ch chi'n gofyn y pethau twp 'ma o hyd? Maen nhw'n fy mlino i, yn llythrennol. Mae popeth yn fy mlino. Y salwch yma, oes gyda chi amcan beth yw e? A sut yn y byd ydw i wedi'i gael e a neb arall? Does dim byd o'm cwmpas, dim ond tywyllwch. Dim ond fi yw yma. Fi. Ti'n gofyn i mi beth yw f'enw o hyd, pwy wyf i. Beth yw'r ateb?

Roedd pyliau o beswch yn dirdynnu'i gorff. Ildiai iddynt gan sylweddoli y buasai wedi brwydro'n ffyrnig yn eu herbyn o'r blaen ond nawr nid oedd ganddo ddewis ond i adael i'r peswch ei feddiannu.

Na, does dim un anffyddiwr i'w gael ar long sy'n cael ei thaflu gan y tonnau fel tegan, nac ar long y mae'r gelyn yn ymosod arni o bob tu gyda gynnau a bomiau. Creadur bach ofergoelus yw pob dyn mewn perygl. Ond creadur arall yw dyn yn y tywyllwch a neb na dim yn gwrando ar ei gri. Sawl gwaith oedd e wedi gweiddi 'Ffenestr', ac roedd y gwynt yn dod trwy'r ffenestr nawr ac yn serio'i gorff ond erbyn hyn doedd dim un o'r nyrsys yn gallu nac yn dymuno'i glywed. Yn lle gweiddi – peth cwbl ofer i'w wneud gan na allai gynhyrchu digon o sŵn yn ei enau – fe geisiodd ei gyfleu gyda'i feddwl. Roedd yr awel nawr yn annioddefol ar ei groen. Ond daethai i'r casgliad nad oedd telepathi yn gweithio chwaith. Yna fe alwodd ar Dduw i gau'r ffenestr neu i ddod â rhywun i'w chau. Roedd ei weddïau'n daer ac yn hir eto. Oni allai'r Hollalluog wneud un peth bychan heb amharu ar Ei amserlen dragwyddol Ef a chau un ffenestr fach? Ond roedd hyn eto i gyd yn ofer. Ac yna fe alwodd ar ei fam a gweld ei hun fel crwtyn bach eto, yn rhy fach i weld dros ymyl y ford, a dyna'i fam yn y gegin, ei ffedog, ei dwylo – cododd yr olygfa yn glir o'i flaen – ac y tu ôl i'w fam lle roedd hi'n eistedd yn ei chadair yn c'nau tatws roedd ffenestr y gegin yn gilagored, awel yn symud y llenni a rhosynnau cochion arnyn nhw.

'Ffenest,' meddai, un o'i eiriau cyntaf er mawr lawenydd i'w fam. Ond ddaeth neb i gau'r ffenestr ac roedd e'n oer nawr.

Cawsai hen ddigon o amser yn ddiweddar i adolygu ei fodolaeth a'i chael hi yn eisiau. Meddyliai am ei blentyndod tlawd yn y cwm, ei ieuenctid caled a ffôl ar y llongau; ei fywyd unig a di-fudd heb gartref na chariad na llwyddiant. Beth oedd ei bwrpas? Yr holl dristwch a'r brwydro i gael dau ben llinyn ynghyd, dim ond i gael ei lorio'n gynnar gan ryw afiechyd dienw a milain nad oedd gan y meddygon unrhyw syniad beth i'w wneud yn ei gylch; salwch oedd yn hala ofn ar y nyrsys hyd yn oed. Ai rhyw felltith oedd hyn? Rhyw gosb am ei fywyd diangor? On'd oedd e wedi cwrdd â rhai llawer mwy diegwyddor nag ef, ar ôl oes o fercheta ac yfed a smygu a thyngu a rhegi, yn dal i fyw yn rhadlon yn eu pedwar ugeiniau? Ai rhoi'i fryd ar fynd i'r môr oedd ei gamsyniad sylfaenol? Onid rhybudd oedd y llong ar y llyn a oedd wedi pallu hwylio i beidio â mynd i forio? Roedd hi'n rhy hwyr nawr a dyma fe ar wastad ei gefn mewn ysbyty dieithr heb glem ai dydd ynteu nos oedd hi. Fe allai unrhyw ddieithryn ddod i mewn a thorri'i wddwg o glust i glust. Ac efallai y byddai'r dieithryn hwnnw i'w groesawu yn wir – neu o fethu cael hynny, rhywun i gau'r blydi ffenestr felltigedig.

Dyna wyneb ei fam eto. Roedd ganddi'r un wyneb â phan oedd ef yn grwtyn bach yn chwarae ar y llawr ac eto roedd yntau'n hŷn na hi nawr gan taw pymtheg ar hugain oedd e. Sylweddolodd pa mor ifanc oedd ei fam bryd hynny, a chawsai sawl plentyn cyn ei enedigaeth ef. Digon posib ei bod hi'n fyw o hyd. Mae'n debyg bod ei absenoldeb a'i ddiffyg awydd cadw mewn cysylltiad â hi wedi rhoi gofid mawr iddi.

Ond ei ryddid ei hun oedd ei flaenoriaeth. Aethai amser maith heibio ers iddo adael ei gartref a phrin roedd e wedi meddwl am ei fam na'i dylwyth yn y cyfamser. Efallai pe deuai hi i'r ysbyty yn awr na fyddai'n ei adnabod. Efallai y byddai'n gofyn yr un cwestiwn ag yr oedd y doctoriaid yn ei ofyn drosodd a throsodd a'r cwestiwn a oedd yn troi o hyd yn ei ben ei hun yn awr – Pwy yw hwn?

Postio Llythyr

Pan briodais i â'r Bardd ro'n i'n gwbod nad dyn cyffredin mohono. Wel, mi oedd o'n fardd 'toedd? Ac yntau wedi ennill y Gadair yn yr Eisteddfod Genedlaethol pan oedd o'n ifanc iawn. Serch hynny, ro'n i wedi gobeithio cael bywyd priodasol digon confensiynol: magu dau neu dri o blant a bod yn nain yn nes ymlaen. Ond dywedodd y Bardd ar y dechrau'n deg nad oedd 'na ddim plant i fod.

'Pam?' gofynnais i, cwestiwn digon teg, dybiwn i.

'Does 'na'm byd sy'n fwy o elyn i farddoniaeth na'r clytiau'n sychu yn y stafell 'molchi. Heb sôn am gri'r babi yn y nos. Fedrai'm cysgu fel mae hi – tydw i'm 'di cysgu'n iawn ers deng mlynedd.'

'Ond,' meddwn i, 'mae'n berffaith naturiol.'

'Gwaith bardd, Megan, yw codi uwchlaw natur. Dyna pam y rhoddwyd bardd ar y ddaear.'

'Ond ti'n enwog am ganu am y gwanwyn ac am adar a'r llwynog,' meddwn, waeth roeddwn i'n ifanc bryd hynny ac yn dal i gredu y gallwn i ddal pen rheswm ag o.

'Ti ddim yn dallt barddoniaeth, Megan. Pan gana i am lwynog neu am wennol neu am hwyaid nid am y creaduriaid hynny dwi'n canu eithr am bethau eraill. Metaffor ydi'r llwynog. Mae'n debyg i algebra.'

'Ai'r pethau trionglog yna 'di algebra?'

Oeddwn, roeddwn i'n ddiniwed. Ond wyddwn i mo hynny ar y pryd. Dyna beth yw naïfrwydd – meddwl dy fod ti'n gwbod popeth ond yn gwbod dim. Ac wrth gwrs, pan briodon ni doedd neb yn siarad am bethau fel'na. Na, nid am algebra, ond am fywyd priodasol, am yr hyn sy'n digwydd rhwng gŵr a gwraig, neu, yn f'achos i, yr hyn nad oedd yn digwydd. Dros y blynyddoedd mi ddysgais i mai'r unig blentyn a gawn i oedd y Bardd 'ma ac y byddai edrych ar ei ôl o yn fwy o waith na magu llond tŷ o blant. Des i ddelerau â'r ffaith mai'r unig beth tebyg i wyrion ac wyresau fyddwn i'n eu cael oedd ei gerddi o, er na chawn i unrhyw gydnabyddiaeth. Wedi'r cyfan, creadur anwadal, mympwyol ydi bardd. Mae'r peth lleiaf yn peri iddo bwdu ac yn diffodd ei Awen. Er mwyn iddo gynhyrchu cerddi mae'n gorfod cael yr un bwyd ar yr un pryd bob dydd, mae'n gorfod cael cornel dawel mewn stafell arbennig ar wahân, a fiw i mi na neb na dim fynd yn agos ato, heb sôn am dorri ar ei draws pan fo wrthi yn Creu.

'Dwi ddim yn licio bwyd newydd,' meddai'r Bardd un tro pan brynais i gaws gwahanol i'r arfer drwy ryw amryfusedd, 'dwi ddim yn licio dim byd newydd. Dwi ddim yn licio unrhyw newid. Dwi ddim yn licio pobl. Nid dyn teulu mohono i. Dwi angen distawrwydd.'

Sawl tro oeddwn i'n gorfod troi ymwelwyr i ffwrdd? Hyd yn oed ei dylwyth ei hun? A'r rheini'n Feirdd hefyd, rai ohonynt.

Roedd o'n gorfod cael pensiliau arbennig, a phapur arbennig, er mwyn cael sgrifennu'i gerddi. A phwy oedd yn gorfod mynd allan i'r dre i brynu'r pethau anghyffredin hyn? Y fi. A dyna le fydda 'na 'swn i'n dŵad 'nôl efo'r pethau anghywir.

Roedd edrych ar ôl ei Awen yr un mor anodd â thendio i ryw blanhigyn tyner, prin. Byddai'r peth lleiaf yn ddigon i wneud i'r planhigyn hwnnw grino a dihoeni. Mi aeth o ar streic farddol am flynyddoedd. Ond nid y fi achosodd honno, chwarae teg, ond rhyw anghytundeb yn y Coleg lle roedd o'n gweithio. Doedden nhw ddim yn cyfri bod ei waith barddol yn gyfwerth â gwaith ymchwil academaidd.

'Philistiaid!' meddai. 'Ar beth ydan ni'n gwneud gwaith ymchwil? Ar farddoniaeth! Pwy sy'n creu barddoniaeth? Beirdd! Pwy sy'n astudio barddoniaeth? Yr ymchwilwyr!'

Fel petawn i'n tynnu'n groes iddo! Buan y dysgais mai fy swyddogaeth i fel gwraig i Athrylith oedd cytuno ag o ar bob dim.

Ond mi ddaeth y streic farddol i ben, fel y gwyddoch, ac mi gyhoeddodd ei ail gyfrol o gerddi. Dim ond dwy gyfrol a gyhoeddodd wedi'r cwbl, ar ôl yr holl ofal a thendans a sylw a rois iddo. Oedd o'n werth yr holl drafferth? Wel, mae rhai sy'n gwbod yn well na mi yn maentumio bod nifer o'i gerddi yn gampweithiau anfarwol. Ond byddai'r Bardd wedi rhoi unrhyw beth i gael bod yn anfarwol yn lle'i gerddi, er mor bwysig iddo oedd y syniad y byddai'i farddoniaeth yn cael ei chofio. Aeth ei ofn ynghylch angau yn drech nag o. Poenai gymaint am farw fel na allai fyw. Dyna pam na ddaeth trydedd gyfrol na dim byd o werth ar ôl yr ail.

Ond roedd 'na ochr arall i'w fywyd nad yw'r rhan fwyaf ohonoch chi'n gwbod dim amdani. Dim ond y fi ac ambell un o'r pentrefwyr, mae'n debyg, oedd yn gwbod am hyn. Ond hwyrach fod 'na ochrau dirgel i fywyd pob bardd – yn wir, mi ddywedwn i fod 'na ochrau dirgel a chyfrinachau ym mywydau bodau dynol hefyd. Dwi'n siŵr fy mod i'n iawn wrth ddweud hynna.

Beth bynnag, un diwrnod mi o'n i wedi bod yn y dre yn prynu'r bwydydd a'r nwyddau neilltuol oedd yn gwbl hanfodol i'w ffordd o o fyw. Ac am ryw reswm des i adra'n gynt na'r disgwyl – mae'n bosib bod y siopau'n llai prysur nag arfer fel na fu'n rhaid i mi aros yn hir cyn cael 'yn syrfio. Es i mewn i'r gegin a dyna lle roedd y Bardd yn eistedd, yn gwisgo un o'm ffrogiau gorau i a chlustdlysau, cadwyn am ei wddf a phâr o'n sgidiau i (traed bach oedd gynno fo) am ei draed. Be wnes i? Wel, newid y ffrog fel ei bod hi'n ei ffitio'n well.

Mi wyddwn nad oedd diben gwylltio a gweiddi a gofyn am ysgariad; on'd oedd hyn eto yn rhan ohono, yn rhan o'i gyfansoddiad a oedd yn cyfrannu at ei Athrylith?

Efallai y bydd rhai ohonoch chi'n gweld bai arna i, oherwydd yn lle mynnu'i fod o'n cadw'r peth dan reolaeth be wnes i ond ei annog i arbrofi efo hetiau, ffrogiau, colur. Gan fod ei Awen wedi marw i bob pwrpas (roedd hyn ar ôl cyhoeddi'r ail gyfrol ac yntau'n tynnu am oed yr addewid) doedd dim byd arall i'w feithrin ynddo ond ei ddiddordeb newydd – croeswisgo. Felly y rhesymais i, beth bynnag.

Roedd ganddo well ffigur na mi, felly prynwn ddillad ar ei gyfer o gatalogau drwy'r post. Roedd o'n licio lliwiau llachar. Ffrog efo rhosynnau mawr coch arni oedd ei ffefryn; roedd hyn yng nghanol y pumdegau, cofiwch. Yn ei ddillad benywaidd doedd o ddim yn edrych fatha dynas go iawn, rhaid cyfaddef. Roedd o'r un sbit â'i hen fodryb ei hun, chwaer ei fam (doedd honno ddim yn edrych fatha dynas go iawn chwaith). Ond doedd dim ots gynno fo. Rhoddai'r dillad a'r ymbincio ryw bleser anghyffredin iddo. Dim ond unwaith neu ddwy bob wythnos y byddai o'n Gwisgo Fyny. A phan fyddai'n gwneud hyn doedd y Bardd ddim yn bod rhagor; Laura oedd o. Feiddiwn i ddim cyfeirio ato wrth ei enw iawn; Laura oedd yn dod i de neu'n galw i hel straeon, a ffrind Laura oeddwn i. Siaradai yn yr hyn y tybiai o oedd yn llais dynas. Symudai fel dynas, yfai'i de fatha dynas ac eisteddai fatha dynas, neu yn ôl ei syniad o o sut y byddai merchaid yn gwneud y pethau yma. Wrth gwrs, i mi, fel dynas go iawn a'i wraig, nid oedd yn debyg i ddynas o gwbl. Ond wnes i ddim dangos hynny iddo. Wnes i erioed ei gywiro na'i feirniadu. Roedd y cyfan yn rhyw fath o gêm a roddai bleser neilltuol iddo. Yn wir, diolch i Laura, credaf mai'r blynyddoedd olaf hyn oedd rhai hapusaf ei oes.

Ond roedd ganddo – neu, yn hytrach, roedd gan Laura – un dymuniad mawr a bwysai arno, arni hynny yw, nes ei llethu bron, sef yr awydd i fynd allan am dro yn y byd ar wedd Laura. Gwyddai'r Bardd a gwyddwn innau pa mor beryglus fyddai hynny. Am fisoedd, er i Laura grybwyll y syniad yn aml, fe wnaethon ni'n gorau i ffrwyno'r awydd drwy beidio â mynd ar ei ôl. Pe bai Laura'n codi'r cwestiwn o beth i'w wisgo wrth fynd am dro byddwn i'n dangos ffrogiau yn y catalog diweddaraf iddi ac yn dewis rhywbeth newydd i'w brynu. Pan soniai Laura am ei dyhead i gerdded lawr y stryd fel pob un arall byddwn i'n cynnig panad arall o de iddi a darn o deisen.

Ond roedd y Bardd yn heneiddio, yn wir roedd o'n hen ŵr erbyn hyn a'i wallt yn wyn fel yr eira a'i groen fel y galchen. Roedd y diwedd yn agosáu a gwyddai hynny yn well na neb. Y peth gwaethaf am hyn oedd bod ei ofnau fel petai'n hyrwyddo'r anochel.

Un noson roedd Laura wedi dod i gael swper. Peth anarferol oedd hyn gan fod Laura yn greadures y prynhawn fel rheol. Roedd hi'n awyddus iawn i gael rhywbeth newydd i'w wisgo (rhyfedd fel roedd Laura yn cael dillad newydd yn amlach na gwraig y Bardd) felly aethon ni drwy'r catalogau yn ofalus nes i Laura ddewis ffrog felen lliw cwstard – digon i godi pwys arna i, ond 'na fo, anaml y gorgyffyrddai fy chwaeth i a chwaeth Laura mewn dillad

– a dyma ni'n llenwi'r ffurflen archebu ac yn rhoi honno ynghyd â'r siec yn yr amlen a'r stamp ar honno hefyd.

'Wel, wel,' meddai Laura, 'waeth i mi ei phostio rŵan, ynte?'

Yn sydyn fe welais ei ystryw, ystryw Laura. Roedd hi'n noson aeafol dywyll. Pe bai'n gwisgo fy nghôt i ac un o hetiau Laura ei hun (roedd digon o'r rheini i'w cael erbyn hynny) ac yn mynd allan i bostio'r llythyr, pwy fyddai'n sylwi? Ystyriais y peth am dipyn. Oedd, roedd 'na berygl, ond beth oedd y gwaethaf allai ddod i'w ran?

'Dos, 'ta,' meddwn i, 'dos yn gyflym a phaid â siarad â neb. Postia'r llythyr a tyrd 'nôl yn syth.'

Ac mi aeth Laura allan i bostio'r llythyr. Eisteddais innau yn y gegin i'w ddisgwyl yn ôl, ar bigau'r drain. Gollyngais ochenaid o ryddhad pan glywais y goriad yn y drws.

'Pob dim yn iawn?' gofynnais â'm gwynt yn fy nwrn.

'Pob dim yn iawn,' meddai Laura, 'mae'n noson hyfryd braf. Petawn i'n fardd mi allwn i lunio cerdd amdani.'

'Welist ti rywun?' gofynnais eto wrth i Laura roi fy nghôt i gadw ar y peg.

'Do, do, un neu ddau.'

'Wnest ti ddim siarad â neb, naddo?'

'Do, wrth gwrs, mi ddudais i "Noswaith dda!" 'Snam isio bod yn anghwrtais, nag oes?'

Janet Jayne DBE

Anaml y bydd Dâm Janet yn cytuno i gael ei chyfweld, yn enwedig yn y Gymraeg. Yn wir, maentumia mai hwn yw'r unig gyfweliad iddi'i wneud yn y Gymraeg erioed. Rydym yn ddiolchgar iawn iddi, felly, am gydsynio i siarad â ni.

Ymddangosodd Janet Jayne ar y llwyfan gyntaf yn ugeiniau'r ugeinfed ganrif mewn rhannau bach, ond buan y tynnodd ei harddwch a'i phresenoldeb sylw cynhyrchwyr mawr y dydd. Roedd ei pherfformiad fel Goneril yn yr Old Vic yn nodedig iawn ac wedyn, gyda'i Desdemona, fe sefydlodd ei henw fel un o brif actoresau ei chenhedlaeth. Aeth yn ei blaen i weithio gydag Ivor Novello, Donald Wolfit a Noel Coward ac i serennu mewn dramâu gan Ibsen, Shaw, Oscar Wilde (disgleiriodd yn *Lady Windermere's Fan*) a Maeterlinck. Yn ddiweddarach daeth i gysylltiad â Michael Redgrave, John Gielgud, Sybil Thorndike, Ralph Richardson a Laurence Olivier. Cafodd sylw rhyngwladol am ei rhannau ac yn ddiweddar fe'i henwebwyd am Oscar mewn ffilm gan y cyfarwyddwr Alfred Hitchcock. Fe'i dyrchafwyd yn ddâm yn 1949.

Gol: Dâm Janet, ga' i ddechrau drwy ofyn sut brofiad oedd e i weithio gyda'r Meistr, Alfred Hitchcock?

JJ: A ga' i gychwyn gan ymddiheuro am gyflwr 'y Nghymraeg? Tydw i ddim wedi cael cyfle i'w siarad yn iawn ers blynyddoedd, wyddoch chi. Ond i ateb eich cwestiwn, ces i Mr Hitchcock yn gyfarwyddwr digon dymunol. Roedd o'n gwybod yn union beth oedd o eisiau.

Gol: Mae'n adnabyddus am drin actorion fel gwartheg.

JJ: (*Yn chwerthin*) Wel wnaeth o ddim 'y nhrin i fel gwartheg. Roedd o'n hynod o gwrtais. (*Nid ydym yn synnu i glywed hyn gan fod pob osgo o'r eiddi yn ennyn parch tuag ati*)

Gol: Ydych chi'n hoffi gweithio yn America?

JJ: Yndw! Wrth 'y modd yno. Dwi'n cael Hollywood yn lle braf iawn ond New York yw'n hoff le.

Gol: Beth sydd orau gyda chi: ffilm ynteu'r llwyfan?

JJ: Yn y theatr mae 'ngwreiddiau, fel petai, dyna 'nghartre, ynte. Ond mae'r ffilmiau'n talu'n well. (*Chwerthin*) A rhaid i mi gyfadda, mae cryn dipyn o oedi a sefyllian a dim byd yn digwydd mewn gwaith ffilmio. Ac weithiau rhaid i chi wneud yr un peth drosodd a throsodd, wyddoch chi, ugeiniau o weithiau, dim ond i gael un olygfa yn y ffilm yn iawn.

Gol: Gawn ni fynd yn ôl at Hollywood eto? Pan oeddech chi'n byw yno ryw ddeng mlynedd yn ôl fe gysylltwyd eich enw chi â'r actor Americanaidd golygus Bucky Fortune.

JJ: Ffrindiau oeddan ni. Ond – sut galla i ddeud hyn – er gwaetha'i ddelwedd gyhyrog doedd Bucky ddim yn debygol o briodi. Os 'dach chi'n dallt be dwi'n feddwl. Mae lot o actorion fel'na i gael, wyddoch chi?

Gol: Ond fe fuoch chi'n briod unwaith, on'd do fe?

JJ: Do. Hogyn o'r dre. Fuon ni ddim yn briod yn hir iawn. Rhedodd o i ffwrdd.

Gol: Ond roedd 'na blentyn?

JJ: Mae 'na blentyn. Mab. Eric. Mae'n *window dresser* – sut 'dach chi'n deud hwn'na yn Gymraeg? – yn rhai o'r siopau mawr yn Llundain.

Gol: Ac fe aethoch chithau i Lundain i weithio ar y llwyfan. Oedd hi'n anodd ar y dechrau?

JJ: O! Oedd, anodd trybeilig. Y peth cynta oedd rhaid i mi neud oedd cael gwared o bob arlliw o'r acen Gymreig pan o'n i'n siarad Saesneg. O'n i'n gorfod dysgu'r Received Pronunciation bondigrybwyll a deud pethau gwirion fatha 'How now brown cow' a 'She sells seashells on the seashore'. (*Chwerthin*)

Gol: Basech chi wedi bod yn Eliza Doolittle berffaith, dybiwn i.

JJ: Ond allwn i ddim gwneud acen *cockney* yn iawn. (*Chwerthin*) Fe dreiais i am rôl Miss Moffat yn *The Corn is Green* ond deudodd Emlyn mai Saesnes oedd hi a 'sa unrhyw arlliw o acen Gymreig ddim yn gweithio yn y rhan honno. Ac wrth gwrs, bu'n rhaid newid yr enw. Allwn i ddim cadw'r Griffiths a Huw yn neud ei farc ar y pryd, a phrin y gallai neb ddeud Sioned. (*Chwerthin*) Wel allwn i ddim meddwl am enw. Oedd hi'n hawdd newid Sioned yn Janet ond beth am yr enw arall? A dyma Don Wolfit yn gofyn, 'What was your mother's name?' 'Jane,' meddwn i a dyma fo'n deud 'Janet Jayne'. Efô nath ei sillafu fo fel'na, Jayne.

Gol: Felly, fasech chi'n gweud i'ch Cymreictod eich dal chi yn ôl?

JJ: Ar y dechra, falla, ond hwyrach iddo fod yn fantais, oherwydd doedd rhai ddim yn sicr o ble o'n i'n dŵad. Yn America o'n nhw'n meddwl, 'Wel, nid yw'n Saesnes, nid yw'n Wyddeles, ai o'r Almaen mae hi, ai un o Sweden? Beth ydy hi, dwch?' (*Chwerthin eto*)

Gol: Gawn ni sôn, felly, am eich gwreiddiau ac am eich magwraeth yng Nghymru?

JJ: (*Mae'n ymddifrifoli*) Tydw i ddim yn hoffi sôn am hynna, wyddoch chi.

Gol: Pam?

JJ: Mae o'n boenus.

Gol: Allwch chi ymhelaethu?

JJ: Tlawd oeddan ni. Chwarelwr o'dd 'y nhad a Mam yn cadw tamaid o dyddyn ond roeddan ni'n chwech o blant, 'dach chi'n gweld, ac roedd hi'n adeg galed.

Gol: Doedd eich plentyndod ddim yn gyfnod hapus, felly?

JJ: Ddim felly. Teimlwn fod yr hogiau yn cael y sylw i gyd. 'Y mrodyr oedd yn cael mynd i'r coleg ar gorn ni'r genod. Roedd 'yn chwiorydd yn barod i blygu i'r drefn ond roedd mwy o uchelgais gen i. Do'n i ddim eisio priodi rhyw hogyn lleol na mynd i weini. Eisio rhywbeth gwell na hynny o'n i. A gwelodd 'y nain hynny, chwarae teg iddi.

Gol: Beth yn gwmws?

JJ: Dawn, efalla? A dyna pam y gadawodd ei phres i mi. Roedd 'na helynt wedyn. 'Nhad a Mam yn gandryll, 'mrodyr yn genfigennus. Roedd 'na bob amser rywfaint o wenwyn rhyngon ni wedyn. Doedd 'na ddim fawr o bres wedi'r cyfan ac mi ildiais i a rhoi peth ohonynt i 'Nhad a Mam ac wedyn cafodd y gŵr, Bertie, ei fachau ar beth ohonynt. Serch hynny, mi lwyddais i rywsut i gadw celc ar y gweddill a dyna aeth â mi i Lundan ar ôl y Rhyfal Mawr. Felly Nain dalodd am y gwersi actio a gwersi iawn-ynganiad! (*Chwerthin*) Dwi'n credu mai dyna'r ffordd mae deud *elocution* yn Gymraeg.

Gol: Ydych chi wedi gwneud unrhyw waith yn Gymraeg?

JJ: Naddo. Fel y deudodd Huw – a dydan ni ddim yn perthyn er ein bod ni'n dau'n Gruffydd go iawn (*Chwerthin eto*) – deudodd Huw mae'n amhosibl i actor wneud bywoliaeth yn Gymraeg.

Gol: Ond beth am Radio Cymru nawr? A beth am ddramâu Mr Saunders Lewis? Fasech chi'n hoffi actio yn un o'r rheini?

JJ: Does neb wedi gofyn i mi! (*Chwerthin eto*) Ac mae arna i ofn nad yw 'Nghymraeg i'n ddigon da a 'mod i wedi magu llediaith.

Gol: Oes gyda chi unrhyw gysylltiadau â Chymru nawr?

JJ: Nag oes. Mae 'mrodyr i gyd wedi marw, Twm yn y Rhyfel Mawr ac Owen a William yn ddiweddar, ac er bod gen i chwiorydd a chwiorydd yng nghyfraith a'u plant does dim Cymraeg wedi bod rhyngon ni ers blynyddoedd.

Melltith

Ar ei ffordd i'r dre i wneud marchnad oedd Joanna, ac roedd ganddi bedair milltir i gerdded pan ddaeth sgwarnog i groesi'i llwybr. Ac yn lle mynd yn ei blaen a'i gadael hi, safodd y sgwarnog ar ganol y lôn a throi'i llygaid arni. Gwyddai Joanna nad oedd hynny yn argoeli'n dda am weddill y diwrnod a mwy na thebyg y byddai hi'n dod o'r farchnad ar ddiwedd y dydd ar ei cholled. Wedi'r cyfan, pa sgwarnog sy'n oedi i edrych i fyw eich llygaid ond sgwarnog witsh? Yna, yn sydyn, diflannodd y gochen ac aeth Joanna yn ei blaen.

Er gwaetha'i braw gyda'r creadur ysgeler 'na fe geisiodd Joanna ddychmygu'i phocedi yn llawn ceiniogau ac ambell swllt, efallai, ar ei ffordd adre wedi cael marchnad dda. Am y tro roedd ei phecyn yn drwm ar ei chefn a ffordd bell i fynd o hyd. Canai ganeuon er mwyn codi'i chalon ac i basio'r amser ac er mwyn ei difyrru'i hun.

Gadewch inni gamu 'nôl peth ac edrych ar Joanna a'i bywyd. Roedd hi'n byw ar ei phen ei hun mewn bwthyn bach oedd yn debyg iawn i Joanna'i hun – un llawr, un stafell, un ffenest, ond er bod y to gwellt angen ei atgyweirio'n druenus ers blynyddoedd roedd y simdde'n sownd a gallai Joanna gynnau tân da yn y gaeaf, felly roedd e'n lle bach digon clyd. Pan fyddai'r tywydd yn deg treuliai Joanna'r oriau yn eistedd ar ei hunig gadair o flaen y drws. Roedd y bwthyn a hithau'n gryfach na'r olwg. Roedd rhyw wydnwch yn perthyn iddi hi a'i chartre. Roedd hi'n cadw ieir ac yn ddibynnol arnynt am ei chynhaliaeth (roedd hi'n bwyta'r wyau) ac am ei bywoliaeth (gwerthu'r wyau yn y farchnad). Yr ieir hefyd oedd ei chwmni. Roedd hi wedi rhoi enw i sawl un ohonynt.

Roedd y ffordd i'r dre, er mor gyfarwydd, yn droellog, yn bantiog, yn dyllog mewn sawl lle, yn serth ac weithiau'n gul. Ac roedd yna bwdelau o ddŵr ym mhobman ar ôl cawodydd diweddar. Ond yn waeth na'r holl anawsterau daearyddol hyn, roedd hi'n hirfaith ac yn unig. Ar y cychwyn yn y bore fe edrychai'n ddiderfyn ac erbyn iddi gyrraedd hanner ffordd, gyda thipyn o bellter i fynd eto, fe grefai Joanna am gwmni, am rywun i dynnu sgwrs. Ond anaml yr ymunai neb â hi ar ei ffordd i'r dre a dim ond ambell waith y deuai neb i'w phasio hi o'r cyfeiriad arall, o'r dre ei hun, fel y câi hithau'i gyfarch gyda 'Bore da' neu 'Sut y'ch chi?'

Byddai'n hel atgofion wrth gerdded, am ei mam yn bennaf. Dan ei llaw hi y daeth Joanna i'r dre gyntaf i wneud marchnad a dysgu sut i werthu wyau (ac unrhywbeth arall y gellid ei werthu), sut i ddenu cwsmeriaid, sut i fargeinio a chymwêdd, sut i wneud newid. Roedd y cyfan yn ail natur iddi erbyn hyn ond gan ei mam y dysgodd y cyfan yn y lle cyntaf. Cofiai ei gwallt a'i dwylo. Weithiau gallai'i mam fod yn ddigon llym – 'Joanna! 'Na ddidoreth wyt ti!' Ond roedd hynny'n brin iawn a dyna pam yr arhosai'r achlysuron lle roedd hi wedi cael pryd o dafod ganddi yn glir yn ei chof. Fel rheol, doedd neb anwylach na'i mam. Tirion oedd hi, hyd yn oed wrth yr ieir. Caredig wrth bob un. Cofiai'r cymdogion amdani fel menyw addfwyn a chymwynasgar. Yn y diwedd, yn ei henaint, ni allai'i mam gerdded i'r dre, roedd y ffordd yn rhy bell a'i chluniau'n rhy boenus. Felly, cymerodd Joanna yr awenau. Ac ers marwolaeth ei mam, ddeunaw mlynedd 'nôl, bu'n cerdded i'r dre ddwywaith yr wythnos.

Roedd hi'n falch fod y tywydd yn sych er na ellid dweud ei bod hi'n braf y diwrnod hwnnw. Peth diflas iawn oedd gorfod cerdded i'r dre ar ddiwrnod oer neu ar dywydd gwlyb. Roedd glaw yn waeth na'r un ddrycin arall. Sawl gwaith y cawsai'i gwlychu at ei chroen ar y ffordd ac ar y ffordd 'nôl? Ni allai Joanna gyfrif y troeon y bu'n rhaid iddi sefyll yn ei dillad gwlyb drwy'r dydd a methu gwerthu hanner dwsin o wyau hyd yn oed. Dim rhyfedd bod hyn i gyd yn dechrau dweud ar ei hiechyd. Roedd ei dwylo'n glymau gwyneclyd i gyd, a dioddefai gan boenau enbyd yn ei phengliniau a'i chefn. Ond roedd Joanna'n ffyddiog y gallai hi gario ymlaen eto am flynyddoedd lawer. Fel y dywedwyd, roedd rhyw wydnwch yn perthyn iddi ac nid un wangalon mohoni.

Nawr, daeth Joanna at bwll o ddŵr brwnt ynghanol y llwybr. Ymestynnai ymylon y llyn bach anghyfleus hwn o naill ochr y ffordd at y llall, gyda dim ond rhimyn cul o dir sych o bob tu a'r gwrychoedd wedyn yn cau am ymylon y rheini. Dewisodd Joanna'r rhuban o lan ar y chwith i'r llynwen a dechrau gwneud ei ffordd yn ofalus, gam wrth gam, rhag gwlychu'i thraed. Pan oedd hi hanner ffordd i'r ochr arall clywodd sŵn carnau march yn dod yn gyflym o'r tu ôl iddi. Cyn y gallai hi wneud dim i'w harbed ei hun aeth y ceffyl drwy'r dŵr ar ruthr ac fe'i gwlychwyd o'i phen i'w sawdl gan ddŵr a baw. Arhosodd y dyn ar y ceffyl, gŵr yr eglwys yn ôl ei wisg, a throi i edrych arni ond yn lle ymddiheuro fel yr oedd Joanna yn disgwyl iddo wneud fe chwarddodd ac aeth yn ei flaen yn rhwydd.

Ar ôl iddo fynd gwnaeth Joanna ei gorau i sychu'i hwyneb a'i dillad. Fe deimlai'n grac iawn tuag at y gŵr bonheddig didrugaredd.

Roedd Joanna'n dal i borthi'r sarhad pan gyrhaeddodd

y dre. Roedd ganddi gywilydd gan fod pobl yn edrych arni gyda dirmyg am fod ei dillad wedi'u trochi.

'Rhaid bod rhai'n meddwl 'mod i'n gardotyn,' meddyliai. Fe allai egluro beth ddigwyddodd iddi i'w chydnabod yn y farchnad, fel Poli a werthai fasgedi ac Isaac y canhwyllwr, ac i'w chwsmeriaid mwyaf ffyddlon, ond beth am y bobl eraill yn y farchnad oedd yn ddieithriaid? Byddai'i golwg yn ddigon i'w dychryn ac yn sicr nid oedd yn debygol o ddenu rhai i brynu'i nwyddau.

Ac roedd hi'n iawn i dybio hynny hefyd. Roedd busnes yn araf ofnadwy drwy'r bore. Teimlai Joanna'n ddigalon pan aeth i eistedd yn erbyn wal i fwyta'i bara chaws tua hanner dydd. Teimlai'n flinedig hefyd ac roedd hi'n dal i fod yn wlyb. O'i heisteddle, wrth fwyta'i brechdan, gwyliodd y farchnad yn cario yn ei blaen hebddi. Yr holl brysurdeb, y mynd a dod, y prynu a'r gwerthu. Sŵn masnach, rhai'n gweiddi i hysbysebu'u nwyddau, bargeinio bywiog, ambell ffrae, plant yn chwerthin, babanod yn crio, certi, cŵn, ceffylau.

Dyna pryd y gwelodd y dihiryn a'i gwlychodd. Yr eglwyswr. Doedd e ddim ar gefn ei geffyl eithr yn rhodio ar hyd y stryd gan sefyll bob hyn a hyn ar ei ffordd drwy'r farchnad. Ond doedd gan Joanna ddim amheuaeth taw'r un un oedd hwn – fe fyddai yn ei adnabod yn unrhyw le. On'd oedd ei olwg wedi'i serio ar ei chof? Yn sydyn byrlymodd ei dicter i'w mynwes a neidiodd o le bu'n eistedd ar y llawr a sefyll o flaen yr un a'i tramgwyddodd.

'Esgusodwch fi, syr!' meddai, ei hwyneb yn goch, yn berwi gan danbeidrwydd ei llid. 'Nag oes gyda chi rywbeth i'w weud wrtho i?'

Arhosodd Joanna am ateb gan erfyn ymddiheuriad. Ond rhythodd y dieithryn arni yn gwbl ddiddeall.

'Edrychwch ar 'y nillad! Wedi'u baeddu gennych chi a'ch ceffyl!'

Roedd y gŵr yn amlwg yn syn ac ni ddaeth yr un gair o'i enau. Ac ni wnaeth hynny ond digio Joanna fwy.

'Rhag 'ych cywilydd chi!' meddai gan bwyntio arno. 'Rhag 'ych cywilydd yn sarhau menyw fel hyn!'

Yn anochel fe gasglodd nifer o bobl o'u cwmpas. O'r diwedd torrodd y gŵr bonheddig ei fudandod.

'I don't know what she's saying,' meddai, 'I believe she's putting a curse on me! This witch is cursing me, help!'

Heb yn wybod iddi, bron, fe afaelodd dau neu dri dyn yn Joanna gan ddal ei breichiau ac fe gafodd ei thywys oddi yno, a chyn iddi sylweddoli beth yn union oedd yn digwydd fe aed â hi i'r ddalfa. A dyna lle y bu'n rhaid iddi sefyll, sawl diwrnod, yn gwbl groes i'w hewyllys, afraid dweud, nes iddi gael ei dwyn o flaen ei gwell. Prin y deallodd yr un gair o'i phrawf. Fe'i cyhuddwyd o felltithio'r gŵr bonheddig ac fe'i cafwyd yn euog.

Pan ryddhawyd hi, fis yn ddiweddarach, fe gerddodd Joanna'r holl ffordd adre. Roedd anghyfiawnder ei phrofiad yn dal i'w chorddi ac fe deimlai'r sarhad fel briw o hyd a hithau'n gweld y cyfan yn ailadrodd ei hun dro ar ôl tro yn ei meddwl. Doedd hi ddim wedi melltithio'r gŵr bonheddig o gwbl. Ni wyddai Joanna sut i felltithio neb. I'r gwrthwyneb, fe deimlai mai efe oedd wedi'i melltithio hithau. Ac fe deimlodd hynny i'r byw pan gyrhaeddodd ei bwthyn a gweld yr ieir i gyd yn farw ar hyd y llawr.

Y Gŵr Mwya ar Dir y Byw

Roedd Morus y Person yn llawn ffwdan y bore hwnnw ac yn awyddus i fynd i'r pentre i wneud sawl neges yn gyntaf ac wedyn i alw yn yr eglwys am ryw reswm, dydw i ddim yn cofio beth yn union nawr gan fod cymaint o amser wedi mynd heibio, ac un fel'na oedd Morus y Person, ffwdanllyd ac anghofus. Mwy na thebyg roedd e wedi anghofio rhyw bapur neu ryw lyfr yn yr eglwys ac eisiau mynd 'nôl i chwilio amdano. Wel, roedd hi'n fis Medi a'r tywydd yn newidiol, rydw i'n cofio hynny'n glir, a'r Person yn dymuno i mi gadw cwmni iddo ar bob neges. Roedd e wedi mynd i ddibynnu arna i gan na allai gerdded yn bell heb gymorth ond roedd e'n rhy falch i ddefnyddio ffon. Byddai hynny wedi datgelu'i henaint (peth oedd yn amlwg i bawb ond iddo ef ei hun). Felly, myfi, mewn ffordd, oedd ei ffon gerdded. Wel, wedi inni wneud pob neges yn y pentre a siarad a hwn a'r llall ar y ffordd, roedd hi'n brynhawn erbyn inni gyrraedd yr eglwys a hithau wedi codi'n braf ar ôl cawodydd ysbeidiol drwy'r bore. A phan gyrhaeddon ni fynwent yr eglwys dyna sioe annisgwyl i'n croesawu, fel petai. Roedd yno barti o wŷr a gwragedd bonheddig – bonheddig yng ngwir ystyr y gair hefyd – yn sefyllian ac yn rhodio ymhlith y cerrig beddi. Dyna grand oedd eu dillad a lliwgar heb sôn am eu perwigau. Wel, nid oedd pobl mor ffein â'r rhain i'w gweld yn y cyffiniau bob dydd. Yn eu plith roedd un dyn mawr cnawdol a oedd yn amlwg yn ddyn pwysig iawn. Siaradai'n uchel ac efe oedd canolbwynt sylw pob un arall yn y criw. Wedi dweud hynny, dyn hyll oedd e gyda marciau salw ar ei wyneb coch a'i berwig braidd yn sgi-wiff ar ei ben. Ymsythodd y Person yn sydyn, nid un i wrthgilio mohono, ac aeth ymlaen i gyflwyno'i hun i un o'r dynion; dyn tal, golygus, yn ei bumdegau, tybiwn i. Siaradodd y ddau yn Saesneg am dipyn ac yna troes y Person ata i, yn gyffro i gyd, a dweud, 'Wyddost ti pwy yw hwn? Dyma'r Dr Samuel Johnson ei hun, golygydd y *Dictionary* a phob math o lyfrau eraill!' Cyfeirio'r oedd e at y dyn hyll, yr un gyda'r marciau ar ei wyneb, nid at y dyn golygus. Wel, doedd dim clem gyda fi pwy oedd e. 'Y gŵr mwya ar dir y byw,' ychwanegodd y Person.

Roedd yna fenyw grand, crand iawn hefyd, a menyw ifanc a golwg flinedig arni. Daeth y fenyw hŷn tuag at y Person, yn wir roedd hi'n dipyn o ryfeddod, yn doreth o ffrils a phersawr ac yn ystumiau i gyd. Moesymgrymodd y Person iddi a chymryd ei llaw a chusanu'i chefn fel petai hi'n frenhines. Braidd yn dros-ben-llestri i'm chwaeth i, rhaid cyfaddef.

Siaradodd y ddau a throes y Person ata i eto gan gyfieithu, 'Mae'r Doctor wedi bod yn astudio'r garreg fedd 'na ac mae'n dymuno gwybod beth yw ystyr y geiriau Cymraeg.' Welais i mo'r Person mewn sut stad erioed. Crynai'i ddwylo fel dail ar gangen yn yr awel a disgleiriai'i dalcen gan chwys yn yr heulwen hydrefol.

Aethon ni i gyd at y garreg fedd lle roedd y Dyn Mawr Pwysig yn sefyll. Safodd y Person wrth ei ochr. Cyflwynodd y fenyw grand y Person i'r Dyn Mawr Pwysig ac ar ôl i'r ddau ysgwyd dwylo dywedodd y Doctor, mewn llais mawr digon i ddeffro meirw'r fynwent, beth fel hyn –

'Now then, sir, would you be so good as to assist us in rendering this inscription into English?'

Edrychodd y Person ar y geiriau ar y garreg fedd ac edrychais innau arnynt. Roedden nhw'n ddigon clir: 'Heb Dduw, Heb Ddim. Duw yw Digon.' Distawrwydd.

'Come man,' cyfarthodd y Doctor, 'can you not decipher it for us?'

Ond am ryw reswm roedd y Person fel petai wedi'i daro'n fud. Yn fy marn i nawr, wrth edrych yn ôl, credaf mai wedi'i ddychryn oedd e gan enwogrwydd a phresenoldeb y Gŵr Mawr. Wedi'r cyfan, roedd y Person yn ddyn go ddysgedig a chanddo ddigon o Saesneg llithrig – on'd oedd e wedi ymgomio'n barod gyda'r gŵr crand a'r fenyw? Ond yna fe'i parlyswyd gan ryw barchedig ofn.

'Come along, man,' meddai'r fenyw grand, 'Dr Johnson does not like to be kept awaiting. Can you not read these few words of your own language for him?'

Ond safodd y Person yn syn fel un wedi'i ddrysu ac yn wir, fe deimlwn gywilydd ar ei ran.

'Sir,' meddai'r Doctor, '*heb* is a preposition, I believe, is it not?'

'So I humbly presume, sir,' meddai'r Person yn ffwndrus ac yn ymgreinllyd i gyd. Ond erbyn hyn roedd hi'n glir i mi fod y dieithriaid wedi dod i gasgliad unfryd nad oedd y Person hwn yn llawn llathen.

Ar hynny, yn sydyn, fe ddaeth hi i fwrw'n gas. Rhedodd yr ymwelwyr am eu coetshis a rhedodd y Person a finnau am do'r eglwys.

Drwy un o'r ffenestri bychain fe wyliodd y boneddigion yn ymadael nes bod y cerbydau a'r ceffylau yn ddim ond

smotiau bach maint chwain yn y pellter. Ac ar ôl iddynt
ddiflannu'n gyfan gwbl ni allai'r Person ddweud dim mwy
na 'Mawredd! Mawredd!' drosodd a throsodd.

Yn ddiweddarach, nid yr un diwrnod wrth gwrs, galwodd
yr hen Ieuan Fardd ar y Person. A phan ddaeth e dyna i gyd
y gallai'r Person ei wneud oedd ymffrostio am fel yr oedd e
wedi cwrdd â'r Gŵr Mawr Dr Samuel Johnson ei hun, ac fel
yr oedd e, Morus y Person, wedi cael clonc ddifyr gydag e. A
chan fod yr hybarch Ddoctor wedi dangos diddordeb mawr
yn hen iaith y Brythoniaid on'd oedd e, y Person hynny
yw, wedi'i dywys ynghyd â'i ffrindiau Mr a Mrs Thrale, a'u
merch (oherwydd dyna pwy oedden nhw yn ôl y Person),
o gwmpas y fynwent gan dynnu eu sylw at yr arysgrifiadau
mwya nodedig?

'"A dyma un arbennig o ddiddorol," meddwn i,' meddai'r
Person, 'yn Saesneg, wrth gwrs, wrth yr anrhydeddus Ddoctor,
"Heb Dduw, Heb Ddim. Duw yw Digon." "Pray what does
it say, sir?"' meddai'r Person gan ddynwared y Doctor i'r dim,
chwarae teg iddo, a gweiddi fel tarw. 'A dyma fi'n trosi'r
geiriau i'r Saesneg fel'na,' meddai'r Person gyda chlec ar ei
fysedd, '"Without God We are as Nothing. God is All that
Man should Ever Need." "Ah, I see," meddai'r Doctor o fri,
"*Heb* is a preposition, is it not? And *Duw* corresponds to the
Latin *Deo*." "You have it exactly, sir," meddwn i ac roedd y
Doctor enwog wrth ei fodd.'

Nid dweud celwydd yn gwmws a wnaeth y Person, a
bod yn deg iddo; yn ei ben, fel'na yn union y digwyddodd
y peth.

Gwnaeth Ieuan Fardd ei orau i wrando ond gallwn i weld
ei fod e'n pendwmpian. Cysglyd oedd e, ei lygaid yn goch
a'i drwyn fel taten borffor, druan ohono. Roedd rhyw naws
drist amdano, ac yntau'n gaethwas i'r ddiod gadarn, ond

doedd dim hunandosturi ar ei gyfyl. Ac yn wahanol i'r hen Ddoctor Johnson doedd dim rhodres na chwafrs o'i gwmpas, dim hunan-dyb o gwbl. O'r ddau roedd yn well gen i Ieuan Fardd. Wedi'r cyfan, y peth mwya a wnaeth Dr Johnson oedd dweud beth mae geiriau yn ei feddwl, a sgrifennu hanes bywydau hen feirdd. Ond roedd Ieuan Fardd, fel mae'r enw yn dweud, yn fardd.

Y Gwir yn Erbyn y Byd

Nawr, pan ddoth y Steddfot i'n pentra ni, sawl blwyddyn 'nôl nawr, wetes i wrth Lisi'n wh'er, 'Awn ni, iefe? So'n ni weti bod i Steddfot ers blynydde. Liciwn i glywed y canu,' myntwn i. Wel, 'ethon ni, wath o'dd 'i ddim yn bell inni ger'ed neu 'swn i na'n wh'er ddim weti mentro o gwbwl.

Wel, 'rôl inni gyrredd y clwydi o'n ni bytu troi 'nôl, wir i ti. O'n ni'n gwel' y prish i fyn' miwn yn ofnatw o brid. Wel, pensiwnîrs y'n ni t'wel, dwy wraig witw y'n ni. Ta beth, o'dd hi'n rhy ddiweddar i droi 'nôl wetiny. 'Man a man i ni dalu'r *four pounds fifty*,' mynte Lisi, 'wath wi weti bod yn dishgwl 'ml'en at ddod 'ma heddi, ers wsnosa.' So miwn â ni.

Wel nawr 'te, 'na beth o'dd y Steddfot 'ma ond y cae mowr 'ma 'da lot o *stalls* yn gwyrthu llyfre Cwmrêg a phobun yn whilia'r hen iaith ble bynnag o'ch chi'n troi.

'Smo fi'n diall nhw,' mynte Lisi, 'a so fi mo'yn dyrllen hen lyfre Cwmrêg, wath mae dicon o hen lyfre yn 'n tŷ ni ar ôl Tetcu a sneb yn mo'yn darllen nhw er bod plant Lydia ni weti bod i'r ysgol Gwmrêg. Beth am inni fyn' i'r Pafiliwn 'ma i ryndo ar y canu a'r ytrodd? 'Na be wi'n lico, canu ac ytrodd. O'n i'n arfer ytrodd pan o'n i'n blentyn, ti'm yn cofio, nag wyt ti, enilles i gwpwl o wobre 'e'yd.'

Cyn i mi g'el hanes steddfotol Lisi 'ma ni'n dod at y Pafiliwn. Nawr, rw fath o dent fowr o'dd y Pafiliwn 'ma, 'da rhesi o seti gwtgwt ynddi a llwyfan. Ond o! o'dd hi'n dywyll 'na ac yn dwym, twym ofnatw. O'n i'n dychre becso am Lisi yn syth, wath ma hi'n diodde'n w'el 'da ei asma 'ddi.

'Cer draw myn'na i ishta,' myntwn i wrthi.

'Na,' mynte hi, 'alla i ddim godde ishta yn y cenol. Wi'n glostroffobig, wi 'im yn lico c'el 'yn ca' miwn.'

Hi a'i chlostroffobia 'ddi. O'n i'n marw ar 'y nhr'ed, w! O'n i jyst eisha ishta lawr unrhyw le.

'Cer lawr i'r ffrynt 'te,' myntwn i, 'mae diconedd o seti ar yr ochor 'co.'

Ond o'n i ddim eisha ishta reit ar yr ymyl whaith, so wetes i wrth Lisi i hwpo lan ddwy sêt.

Ar ôl inni ishta lawr yn gymfforddus nithon ni ddishgwl o'n cwmpas yn iawn am y tro cynta. Do'dd dim shwt lot o bobol 'na, o'dd 'na ddicon o seti gweg miwn sawl man. Ond o'dd pob un o'dd 'na yn whilia drw'r amser fel o'dd y lle'n swno'n ddicon llawn.

'Na neis,' mynte Lisi, 'clywed shwt giment o bobol yn whilia Cwmrêg.'

'Mae rhai draw myn'na 'co, 'da'r trucaredde 'na sy'n troi'r cyfan i Sisnag i chi. Pobol o off y'n nhw mwy na thebyg.'

Wetiny, yn sytyn, d'eth gola mowr 'ml'en ar y llwyfan fowr a d'eth merch ifenc drwsiatus 'ml'en a dechrews yr holl bobol glapo'u dilo a dyma Lisi a finne'n neud yr un peth. A dyma'r ferch ar y stej yn dychra whilia i mewn i'r meicroffon. Yna 'rôl iddi weud cwpwl o eiria dyma bob un o'n cwmpas yn clapo 'to a dyma Lisi a finne'n clapo 'e'yd.

''Co pwy yw hi,' mynte Lisi, 'y ferch 'na sy'n gweud y tywydd. Sisneg la-di-da 'da hi.'

Ond nece Sisneg la-di-da o'dd hi'n whilia tro 'yn, whare teg iddi, nace, ond Cwmrêg la-di-da.

'Tr'eni am ei gwallt, ontefe?' mynte Lisi.

''Sa cwiddyl arna i fyn' m'es 'da gwallt fel'na. Wath ma dicon o arian 'da hi i g'el trin ei gwallt yn neis.'

Wetiny d'eth y crwtyn bech tew 'ma 'ml'en ac ytrodd rw gerdd, rwpeth am rw gatno ar y mynydd a dim ond un dro'd 'dag e, ac ytroddws e'n dde 'e'yd. A phob un yn clapo iddo wetiny, whare teg iddo fa. A d'eth merch y tywydd 'ml'en 'to a gweud rwpeth yn ei Chwmrêg crand. Ond, wetiny, wsti be wetws 'i? 'Sht,' wetws 'i! Ie, sht wrth bop un yn y Pafiliwn 'na – a ninne wedi 'ala'r holl arian 'na i ddod miwn. 'Sht,' mynte madam 'to, os gwelwch yn dde!

'Wel, 'na rŵd,' mynte Lisi. 'Sht, wir. 'Na i roi sht iddi nawr.'

Yna d'eth crwtyn arall 'ml'en ar y stej, un weddol o gnwbyn 'to, ac ytrodd yr un gerdd o'dd y llall weti ytrodd! Yr un geirie'n union.

'Wel, 'na chi beth od,' mynte Lisi. O'dd hi ddim yn joio'i hun, o'n i'n gallu gweud wrth y ffordd o'dd hi weti croesi'i dilo 'ddi dros ei harffed.

Yna d'eth Madam y tywydd 'ml'en 'to, yn wên i gyd. Nytyses y tro 'yn bod rw greatur, *lizard* ne' rwpeth fel'na, mewn *diamonds* (rhai gwneud, siŵr o fod) ar lapel ei siaced hi. Ac ar ôl iddi whilia am getyn wetws hi rwpeth am y dryse a siglo'i phen 'da'r wên ffals 'na a gweud 'sht' 'to!

'Ma honna'n hala'r 'pach arna i,' mynte Lisi, dilo 'ddi ar ei harffed fel gwrecys, a dyma hi'n dychre gapo.

Wetiny d'eth bachan arall 'ml'en ar y llwyfan, un bech main, eiddil a golwg eitha llwytaidd arno fe, a dyma fe'n dychre ytrodd yr un hen eirie 'to, yn sbengs a 'stumie a chleme i gyd.

'Wi weti c'el dicon o 'yn,' mynte Lisi.

'Sa i'n diall be sy'n dicwdd, wir i ti,' myntwn i.

Ond yrbyn 'ny o'dd lot mwy o bobol yn dod miwn

a'r lle'n llanw lan. A d'eth dyn mawr tal a'i wraig ifenc a gofyn:

'Ydi'r seddau hyn wedi'u harchebu?'

Yn ei lwnc i gyd o'dd e'n siarad. Gog o'dd e ac o'r braidd o'n i'n gallu 'i ddiall e.

'Be wetws 'wnnw?' gofynnodd Lisi.

'Wi'm yn gwpod.'

'Mo'yn ishta myn'na ma fe, wi'n cretu,' mynte Lisi. Ac yna sibrytws hi, 'Jyst gwed "Iawn" 'tho fa fel ma Dai Jones yn neud.'

'Iawn,' myntwn i wetiny ac ishteddws y gŵr b'neddig a'i wejen ar 'y mhwys i.

Yrbyn 'ny ro'dd 'na rw ddyn mowr 'da wineb coch yn clebran ar y stej ac ynte yn whilia yn ei Gwmrêg dwfwn i mewn i'r meicroffon.

'Be ma 'wn yn gweud nawr?' gofynnes i i Lisi.

'Gweud rwpeth am y bechgyn 'na,' mynte Lisi.

'Esgusodwch fi,' mynte'r gŵr b'neddig lawr ei drwyn, 'ai traddodi'r feirniadaeth ar y gystadleuaeth lefaru unigol i fechgyn dan ddeunaw oed y mae'r cyfaill?'

Wel, o'n i ddim yn gwpod beth o'dd e'n feddwl 'da hanner y geirie mowr 'na ac o'n i weti danto cimint o'dd whant 'da fi droi i'r Sisneg er mwyn c'el popeth yn glir, ond cyn i mi weud gair dyma Lisi yn plycu drosto i ac yn gweud 'Iawn' wrtho fa. Caews ei bill am getyn wetiny.

Dishgwles i o gwmpas y Pafiliwn 'to a gweles fod lot o bobol yn dal y bethingalws 'na wrth eu cluste ac o'n i'n dychre tifaru nag o'n i weti c'el un, wath o'n i ddim yn diall y dyn ar y stej a 'sa fe weti bod yn iwsffwl 'da'r dyn wrth 'yn ochor i 'e'yd. O'dd 'wnnw yn dishgwl drw' rw lyfyr trwchus, rhai o'r tudalenne'n binc, rhai'n felyn, rhai'n wyrdd. 'Na'r program, fel o'n i'n diall, yn gweud popeth o'dd 'ml'en. Sdim rhyfedd bod mwy o glem 'dag e nag o'dd 'da Lisi a finne.

O'dd Madam Glaw a Hindda ar y llwyfan 'to yn rhoi rw ruban i'r crwtyn diwetha i ytrodd, yr un bech tene o'dd weti neud y cleme i gyd.

'Fe sy weti ynnill,' mynte Lisi. O'dd hi'n dychre mynd i 'wyl y peth, wath o'dd hi'n gwpod pryd i glapo nawr. Ond gwetws Madam 'sht' wrth bob un 'to.

'Dawnsio gwerin 'ŵan,' mynte Mr Shwd-y'ch-chi wrth 'y mhenelin. Ac ar y gair dyma griw o fechgyn a merched yn dod 'ml'en ac yn dawnsio rownd a rownd ar y stej. O'n nhw'n gwishgo dillad hen ffasiwn a chlocsie ar 'u tr'ed ac o'n nhw'n dysbyg y llawr a phopeth ac yn gweiddi 'Hoi!' a rwun yn canu ffidil. O'dd pob un yn catw mwstwr ofnatw, gormodd o fwstwr, i mi ta beth. Ond, ar y diwedd, 'Joies i 'wn'na,' 'na be wetws Lisi wrtho i, wir i ti.

Ar ôl 'ny, d'eth criw arall 'mle'n a neud yr un peth 'to, felly o'n i'n dychra dod yn gyfarwydd â'r drefen yrbyn 'yn.

'Rydych chi'n dŵad o'r de, on'd ydach chi?' Ew, meddyliwn i, dylse hwn fod ar *Mastermind*.

'Otyn,' mynte Lisi.

'Fuoch chi yn y gogledd erioed?'

'Do,' mynte'n wh'er, 'ni weti bod i Lampeter.'

'Rydyn ni'n byw yn Rhuthun,' mynte'i lotes wen.

'Yma am yr wsnos?' gofynnws Mr Trwynol-Swynol yng nghanol y trydydd criw o ddawnswyr. O't ti'n gallu gweud ei fod e'n dychre blino ar y peth – wath o'n i weti'i ddal e'n gapo pan o'dd yr ail lot 'ml'en.

'Ni'n byw 'ma,' mynte Lisi, 'yn y pentre 'ma.' Hi o'dd yn apad bob tro, o'dd hi wastad yn fwy ewn na fi.

'Ydych chi'n eisteddfodwyr pybyr?' gofynnws ei wejen yn ei lletiaith.

'Na,' mynte Lisi, 'Methodistiaid y'n ni, wastad weti bod.'

Yn nes 'ml'en cawson ni 'maid bach o ganu, ond 'en eos drwynol o'dd y fynyw gynta, rhaid i mi weud.

'Oes 'na le chwech 'ma?' sibrytws Misus Het-Sul-Sgitie-Gwaith gan blycu dros ei gŵr.

'Beth mae'n mo'yn?' gofynnws Lisi.

'Mo'yn gwpod os o's lle i whech 'ma,' myntwn i wrth Lisi.

'Nec oes,' mynte hi, 'dim ond lle i ni'n dou a nhw.'

'Anner ffordd drw'r canu 'ma, yr un hen gân tairgwaith 'to, fel yr ytrodd a'r dawnsio, cwnws Mr a Mrs Te-parti ac 'eth y ddou m'es drw' gefen y Pafiliwn, jyst pan o'dd Miss Niwl a Cwmwle yn gweud 'Sht' 'e'yd.

O'dd 'na hen fenyw o'dd yn dishgwl yn eitha sgaprwth yn clochdorian am amser hir wetiny am y canu a rhoi'r ruban glas i'r eos drwynol (pwy arall?) – yna 'eth y lle'n dowal am dipyn.

'Beth am g'el y sangwitshys 'na nawr?' myntwn i wrth Lisi. 'Wi jyst â nwni.'

'Eth Lisi i'dd ei bag a thynnu'r pecyn o sangwitshys ŵy a winwns o'n i a hithe weti'u paratoi yn y bore cyn dod m'es.

'Mm, bara neis,' myntwn i, 'ond ti weti doti gormodd o 'alen ar y wye, fel arfer.'

'Ti n'eth doti'r 'alen, nece fi.'

Wi ffilu dal pen rheswm 'da'n whe'r, hi sy'n iawn bob tro.

Yrbyn 'yn o'dd lot mwy o fwstwr yn y cefen a dyma lot lot o bobol yn dod miwn.

'O dyna ffodus, Eifionwen, rydan ni wedi cael yr un seddau eto.'

O na, Mr a Mrs Bendith-arna-ti wedi dod 'nôl a Lisi a finne'n joio'n bwyd.

'O, bwytewch eich brechdanau, ar bob cyfri,' mynte fe.

'Na, peidiwch â'u rhoi nhw i gadw o'n plegid ni,' mynte hi.

O'n plegid ni, os gwelwch yn dda! Pwy o'dd hi'n meddwl o'dd hi, Geiriadur Charles? Do'n i na Lisi ddim wedi meddwl stopo b'yta, plegid nhw ne' bido.

'Wel, rydyn ni yn dra diolchgar i chwi am gadw'r seddau hyn inni,' mynte fe, 'gan fod y Pafiliwn yn sicr o lenwi yn rhwydd yn barod am y ddefod fawr.' Ar hynny, 'steddws y ddou.

Yn lle neud sylw, gwthes i 'acor o fara wye i miwn i 'mhen i. Ond o'dd Lisi yn gorffod gweud rwpeth, on'd o'dd hi?

'Sicr,' mynte hi – a dyna'r unig dro iddi weud y gair 'na o fiwn 'y nghlyw i, a ni weti bod yn whiorydd ers gwell na *sixty years* yn barod.

O'n i'n gallu gweld bod Mr Tafod-i-gyd yn dishgwl ar 'yn sangwitshys.

'Ŵy weti berwi,' myntwn i.

'A finnau,' mynte fe, 'mae hi'n hynod o boeth dan do'r Pafiliwn 'ma, yn tydi hi?'

Wel, o'dd y lle'n llawn nawr a lot o bobol yn dal y bethingalws 'na wrth 'u cluste. Ond do'dd Lisi a fi ddim yn 'ito dim, o'n ni'n mynd i gwpla'r sangwitshys, wath o'n ni weti neud cruclwth ohonyn nhw ac o'n ni ddim yn mynd i fratu nhw.

Yn sytyn 'to dyma'r cyrtens yng nghefen y stej yn acor ac yn sefyll yna o'dd dwy res o bobol, un rhes i gyd miwn ffrocie glas a'r rhes arall i gyd miwn ffrocie gwyrdd. Wel, bu bron imi ddwbwldacu ar bishyn o winwnsen. Ac o'n i bown' o droi at Mr Gwpod-popeth a gofyn,

'Beth yw 'yn nawr 'te?'

'Wel, yr Orsedd, wrth gwrs.'

'O, ie, wrth gwrs.' Ond wir i ti, o'n i ddim haws o gwbwl. So caries i 'ml'en i f'yta'r sangwitshys.

Ond nawr, dyma rw fiwsig yn dychre fel miwn Cypal a dyn wedi'i wishco miwn gwyn a ffon hir yn ei law yn cer'ed lawr yr eil. O'n i'n meddwl ei fod e ar ei ben ei hunan i ddychre, ond yna gweles i fod rhes hir ohonyn nhw'n ei ddilyn e fel cwt mowr y tu ôl iddo fe, yn cer'ed linc-di-lonc ac yn gwishco'r pethe gwyn 'ma i gyd.

'Dishgwl ar rhein, Lisi,' myntwn i. Ac ar ochor arall y Pafiliwn o'dd 'na res arall ohonyn nhw. 'Fel 'ngylions,' myntwn i.

Wel, sha pythewnos yn ddiweddarach 'eth y rhai gwyn 'ma i ishta ar y stej o fl'en y rhai gwyrdd a glas. A 'na ti bictiwr o'n nhw, rhaid i mi weud. Ar y dychre o'n i'n meddwl eu bod nhw'n dishgwl yn sili, 'nenwetig 'da'r pethach dros eu penne nhw. Ond 'da'i gilydd o'n nhw'n dishgwl yn grand a d'eth lwmp i'n llwnc i – a nece pishyn o ŵy o'dd e.

Yna d'eth un ohonyn nhw 'ml'en i genol y llwyfan i whilia ac o'dd e'n gwishco coron am ei ben ac our i gyd o'dd lliw ei… wel, lliw ei ffroc.

Nawr, er taw gog arall o'dd 'wn 'to, o'n i'n gallu clywed pob gair o'dd 'dag e i'w weud, o'dd e'n whilia'n glir, t'wel. Ond er 'mod i'n gallu clywed pob gair o'n i ddim yn diall 'anner ohonyn nhw, wath o'n nhw'n eirie mowr i gyd ac o'dd e'n siarad Cwmrêg dwfwn 'to. Ond o'dd e'n bleser gryndo ar ei lais melodaidd fel melfed.

Wel, dishgwles i ar Lisi ac er ei bod hi'n hwsu'n botsh – wath o'dd hi'n dwym 'na fel siop tships, 'da'r lle'n llawn a goleuada mawr ar y stej – o'dd Lisi'n hwsu ond o'dd ei llicad hi'n sêr i gyd ac o'dd hi'n *transfixed* gan y sbleddach.

O'n i'n gorffod troi at yr *Encyclopaedia Britannica* i ofyn: 'Nawr 'te, gwetwch wrtho i, pwy yw 'wn'na?'

'Dyna'r Archdderwydd, y Prifardd Meirion Teifi.'

'Wrth gwrs, diolch yn fawr,' myntwn i yn f'neddig ac yna troi at 'yn whe'r, 'Yr Archdderwen, Lisi, y Prifathro Meri Ann Tidy.'

O'dd cimint o bobol ar y llwyfan yrbyn 'ny o'n i'n gofitio bod y stej yn mynd i golapso. Yna d'eth tri arall lan o'r gynulleidfa ac 'eth dou i ishta lawr, hen ŵr a menyw smart, ac 'eth y llall 'ml'en at y meicroffon.

'Dyna'r beirniaid,' mynte'r Goeden Wyboteth, 'Dr Blodwen Harris, Dr Guto ap Huw a'r Prifardd Gwilym Siôn Ifans. Fo fydd yn traddodi'r feirniadaeth, fe ymddengys.'

O'n nhw i gyd yn grachach, ac o'n nhw'n gwpod eu bod yn bwysig wath o'n nhw'n gwishgo *rosettes*. O'dd gan y dyn bech dd'eth at y meicroffon, yr un a brecethws wetiny, fwstás gwyn dan ei drwyn coch, fel'se fe weti bod yn ufed ll'eth.

'Wi'n cretu bod dou ohonyn nhw yn y *medical profession*,' wetes i wrth Lisi.

Wetiny dyma'r dyn bech 'ma'n dychre briwgowtan ac 'eth e 'ml'en ac 'ml'en ac 'ml'en. O'n i bytu danto. Mor ddifrifol o'dd e, fel'se tynged y byd yn pwyso ar ei sgwydde fa.

'Mae'r brychau sydd yn ei gerdd yn fy mhoeni i. Ond sylwaf y cymeradwywyd cyn hyn gerddi yng Nghystadleuaeth y Gadair a oedd yn feius eu mynegiant...'

'Lisi,' myntwn i, 'beth am acor y fflasc i g'el bob o ddishgled o de tra bo 'wn yn precethu?'

'Ie, ma fe'n eitha diflas, on'd yw e?'

'Dyna fi wedi dyfynnu'n weddol helaeth i ddangos rhagoriaeth y bardd hwn. A rŵan dyma'r tristwch: er gwaethaf y thema a'r darnau da, methiant yw'r gerdd...'

'Hwde,' mynte Lisi gan ystyn y cwpan plastig o de twym i mi. Jyst fel o'n i'n lico fa 'e'yd – te gole leuad, dim ll'eth, tri shiwgwr a gwilod y cwpan i'dd ei weld drw'r te. Fel arall mae Lisi'n lico'i the 'ddi, lot o l'eth a dim shiwgwr. Wel, 'na braf o'dd hi i g'el bob o ddishgled o de neis fel'na, yn yr 'en le mowr twym 'na. O'n ni'n dwy reit ein gwala, ond o'dd Mr Clemerca yn dishgwl lawr ei drwyn arnon ni yn eitha ces. Ond do'n i ddim yn mynd i gynnig dishgled o de iddo fe a'i fisus – er bod dicon o gwpane 'da ni yng ngwilod cwtyn Lisi.

'Wel, dyna ni. Beth amdani?'

'Mae Eifionwen a finnau yn ofni na fydd neb yn deilwng o'r Gadair eleni,' mynte Mr Hoiti-toiti yn siom i gyd yn 'y nghlust i – os gwelwch yn dda!

'Wel, wel,' myntwn i wrtho ac o'dd Lisi'n gorffod gofyn beth wetws a, on'd o'dd hi?

'Sa i'n diall,' myntwn i, 'rwpath am bobol yn dod miwn 'ma heb dalu am 'u cateire, wi'n cretu 'na be wetws a.'

'Gwn nas argyhoeddwyd fy nghydfeirniaid gan y dadleuon hyn…'

'Ti'n gwpod beth y'n ni'n golli ar y teledu heno 'ma, on'd 'yt ti?' mynte Lisi, '*Surprise Surprise*, 'yn 'off raclen i.'

'Fe barodd ystyriaethau fel hyn i mi feddwl yn o hir am deilyngdod y gerdd i ennill Cadair yr Eisteddfod…'

'Gwych o beth,' mynte Mr Hyrdi-gyrdi, 'mae 'na deilyngdod wedi'r cyfan, fe ymddengys.'

Yna o'dd pawb yn clapo yn sytyn. Ond 'nes i ddim clapo, wath o'dd dishgled o de 'da fi miwn un llaw a sangwitsh yn y llell. Triws Lisi glapo – 'na dwp, a chlap eitha diprish o'dd a, ac alws hi ddiferyn o de dros ei dilo 'ddi.

Cwnnws yr Archdderwen wetiny yn ei ddillad our i gyd a gweud:

''Na falch ydyn ni fel cenedl i glywed fod 'na deilyngdod yn yr Eisteddfod eleni.'

'Eth pob un i glapo 'to, 'nenwetig Mr a Mrs Cwafarsi-gyd ar 'y mhwys i, o'n nhw'n mynd yn isterical bron. A thriws Lisi glapo 'to ond 'eth 'acor o de drosti.

'Ac a wnaethoch chi sylw,' mynte'r Archparch, 'fod y Prifardd Gwilym Eryri wedi traddodi'r feirniadaeth gynhwysfawr HEB YR UN DARN O BAPUR AR EI GYFYL?'

Wel, 'eth pob un i glapo'n wyllt unwaith 'to.

'Pam maen nhw'n clapo'r tro 'yn?' gofynnws Lisi.

'Wath bod y dyn 'na weti gweud yr holl eirie 'na heb orffod eu darllen nhw o bishyn o bapur.'

'Jiw, jiw,' mynte hi, 'rw't ti a fi'n whilia drw'r dydd heb bishyn o bapur, pwy eisha clapo sydd? Sneb yn clapo i ni negoes e?'

Ond o'dd Lisi'n gorffod clapo 'to, on'd o'dd hi? Jyst achos bod pawb arall yn clapo. A'r tro 'yn 'eth y te lawr ffrynt ei blows hi, yr un pinc ges i yn Peacocks iddi.

''Na fe, wetws i,' wetws i.

Wel, o'n i'n dishgwl yn 'y mag am nished er mwyn sychu 'ddi pan 'eth yr holl le yn ddu bitsh ac o'dd na rw drwmped yn canu.

'Be yffach sy'n dicwdd nawr, Lisi, gwed?'

'O, dere,' mynte'n wh'er, 'wi weti c'el dicon, dere inni g'el mynd sha thre. Canu, 'na beth o'n i'n ddishgwl miwn Steddfot, nece rw hen hocws pocws fel 'yn.'

O'dd y ddwy ohonon ni weti cwnnu ar 'yn tr'ed i fynd pan dd'eth y *searchlight* 'ma 'ml'en a sheino arnon ni'n dwy a 'na le o'n ni'n sefyll reit yng nghenol y cylch o ole 'ma a phawb arall yn y tywyllwch. Wel nece pob un wath o'dd yr hen ddyn bech penwyn weti cwnnu yn y sêt o'n blaene ni. Ces i shioc ofnatw pan weles 'munan a Lisi ar y teli wetiny y noson honno. 'Na le o'n i'n sefyll lan yn siclo'r briwshion o 'nghot newydd o C&A yng Ngh'erdydd, yr un frown gyta botyme mowr arni, ac o'dd Lisi weti troi rownd i gwnnu'dd ei bag ac weti plycu lawr a 'na gyd o'ch chi'n gallu gweld o'dd ei phen-ôl.

'Eisteddwch, eisteddwch lawr,' mynte Mr Fflwch-a-Fflache wrth 'y mhenelin, 'dyna'r Bardd Cadeiriol,' mynte fe'n pwynto at y dyn bech.

'Wel, sgiwswch fi,' myntwn i yn ddicon ffit, 'ond ma'n wh'er a fi'n mo'yn mynd.'

'Chewch chi ddim, bydd y drysau i gyd dan glo ac rydyn ni yng nghanol y seremoni rŵan. Eisteddwch os gwelwch yn dda, rhag i chi amharu ar y ddefod. Edrychwch, dyma'r osgordd yn dŵad i hebrwng y Prifardd newydd o'i sedd at y llwyfan.'

Do'dd dim dewish 'da ni ond ishta lawr 'to. O'n i'n timlo fel cwningen miwn trap, wir. Wetiny o'dd yr hen ddyn bech yn sefyll ar y stej ar bwys yr Archdderwen a dynon erill yn dal cledd uwch ei ben e. Wel, bu bron i Lisi g'el apoplecsi a thacu ar 'maid bech o sangwitsh o'dd hi'n dal i'w gnoi yn ei cheg, wath o'dd hi'n meddwl eu bod nhw'n mynd i dorri'i ben bant.

'Paid â bod yn ddwl, w!' myntwn i. 'Nece barbaried y'n nhw.'

Yna o'dd pawb, wir i ti, pawb o'n cwmpas yn canu rhyw hen eirie a rwpeth am Dduw a goleuni a sa i'n cofio beth i gyd. Wetiny o'dd 'na hen fynyw yn y wisg las yn canu ar ei phen ei hun miwn llais ofnatw, cracietig – o'dd mwy o gracs yn ei llais nag o'dd yn hen gŵn tsieina Bopa Megan – ac o'n i'm yn diall gair, dim gair. Wel, sôn am eos drwynol, o'dd hon mwy fel gwtihŵ 'da llwnc tost.

'Mae hi'n annioddefol,' mynte Lisi, ie 'annioddefol', os gwelwch chi'n dda – o'dd 'i Chwmrêg hi 'ytynôd yn dychre gwella yn y lle 'na.

Ond ar ôl i'r 'en ddyn bech ishta miwn catair fowr fel eclws dychrews betha gwella wetiny a chawson ni 'maid mwy o 'wyl.

'Mae Eifionwen yn nabod y Bardd,' mynte Meilord yn eitha smỳg, 'mae'n gyfyrder i frawd-yng-nghyfraith y cyn-Archdderwydd.'

'Enw'r bardd buddugol,' gweiddws yr hen Arch o'r llwyfan, 'yw Cyril Newcombe o Stevenage, Swydd Caint. A ddoe cafodd Cyril ei ben-blwydd yn saith deg a phedair blwydd oed.' Clapo eto.

Yn nes 'ml'en d'eth lot o grotesi bech 'ml'en wedi'u gwishgo miwn gwyrdd 'da blota ar eu penne ac yn eu dilo nhw a dawnsio mewn cylch o fl'en catair fowr yr hen ddyn bech.

'O, 'na bert nawr,' myntwn i wrth Lisi.

'Ie, 'na lyfli.'

Yna o'dd pawb yn canu ''En Wled 'y Nhede'. N'eth Lisi a finne ganu 'e'yd, er bod y geirie yn anodd i'w cofio.

Ond jyst pan o'dd Lisi a finne'n dychre joio d'eth y cwbwl i ben.

'Braf cael eich cwmni chwi,' mynte Mr Sigldigwt.

'Pleser,' mynte'i wraig ifenc – ond do'dd hi ddim mor ifenc pan ddishgwles i'n acos arni pan dd'eth y gole 'nôl.

'Wel, 'na fe,' mynte Lisi, 'o leia ni'n gallu gweud 'n bod ni weti bod i Steddfot.'

'Ie,' myntwn i, 'byth 'to!'

'Rydyn ni'n mynd allan yn syth i'r Maes rŵan i brynu'r *Cyfansoddiadau*,' mynte Mr Ansbaradigaethus.

'Roedd hi'n swnio'n wych iawn, on'd oedd hi?' mynte Misus. Wel, o'n i ddim yn gwpod beth i'w weud wrthyn nhw, o'n nhw fel 'se nhw'n dod o blaned wahanol i mi, ond whare teg i Lisi mae hi wastad yn gallu swnio'n beniog.

'O'dd, o'dd hi'n swnio'n wych iawn,' mynte hi er nag o'dd dim amcan 'da hi am beth o'n nhw'n whilia, dim mwy nag o'dd 'da fi.

'Rydyn ni'n edrych ymlaen yn fawr iawn at ei darllen,' mynte Meiledi.

'Ffilu sefyll,' mynte Lisi, 'ffilu weitan.'

'Mae Goronwy a finnau yn hoff iawn o ddarllen yr Awdl ar wahân ac yna ei thrafod efo'n gilydd wedyn.'

'Ow, 'run peth â Mari a finne,' mynte Lisi. Mae eisha chwilio'i phen hi!

'Pwy yw'ch hoff gynganeddwr?' gofynnws Goronwy (am enw – swnio fel rwpeth mae doctoried yn torri m'es o'ch bola yn yr 'ospital). Ond o'n i ddim yn dishgwl i Lisi apad 'to, ond smo hi'n gwpod pryd i roi fynydd, weithe.

'Syr Anthony Hopkins,' mynte hi.

'Anthony Hopkins! Wyddwn i ddim ei fod o'n siarad Cymraeg heb sôn am gynganeddu,' mynte Miss Eifionwen-ystlys-wen-a-chynffon.

'Ma fe weti dysgu,' mynte Lisi.

'Cymraeg yntau'r gynghanedd?' gofynnws Goronwy-pibonwy yn sarcastig.

'Wel y ddou wrth gwrs,' mynte Lisi.

'Pwy f'asa'n meddwl,' mynte Eifionwen, 'roeddwn i wedi cael yr argraff fod Syr Anthony yn gwbl ddi-Gymraeg.'

'Dim o gwbwl,' mynte Lisi – o'dd hi'n dychre mynd i 'wyl nawr – 'ond ma fe'n swil iawn am ei Gwmrêg, 'run peth â Dici ni, Richard Burton ontefe, wath o'dd ynte'n arfer whilia Cwmrêg 'da fi bob amser.'

'Oeddech chi'n ei nabod o?'

'Richard! Napod a? O'dd e'n arfer galw fi'n Bopa Lisi.'

'Ac rydych chi'n nabod Anthony Hopkins, hefyd,' mynte Syr Gron, yn cretu dim.

'Napod y ddou pan o'n nhw'n gryts. Wel, ni'n pyrthyn i Anthony, Toni bech ni, on'd y'n ni, Mari? Dim ond drw' w'ed co's catair, cofiwch.'

'Gwaed coes cadair?'

''Na fe, ma fe'n meddwl taw dim ond trw briotas y'n ni'n belongan. 'Run peth 'da Dici. Ni'n dylwyth i'r ddou a 'na shwt o'n nhw'n gallu cinginaci, iefe?'

'Cynganeddu.'

''Na fe. Fi ddysgws nhw.'

'Dere Lisi,' myntwn i rhwngt 'y nannedd, 'mae'n bryd inni shiffto o fan'yn.'

'Beth? Chi'n gynganeddwraig eich hunan?'

'Wrth gwrs 'mod i,' mynte Lisi gan blycu'i dilo 'ddi dros ei harffed – o'dd hi'n neud ei hunan yn gymfforddus am y diwetydd. 'Ond smo fi'n lico whilia gormodd am y peth, negw i, Mari?'

'Gawn ni glywed enghraifft o'ch awen chi?' gofynnws Gron, o'dd ddim weti llyncu gair o stori Lisi.

'Be chi'n feddwl?' gofynnws Lisi'n ffyrnig fel'se fe weti galw 'ddi'n hwran ne' rwpath gwe'th 'ytynôd.

'Wel, gawn ni glywed darn bach o gywydd neu hir a thoddaid neu linell o englyn, efallai?'

Am beth o'dd e'n whilia nawr, wyddwn i ddim mwy na Lisi, ond lle o'dd cwiddyl arna i o'dd hi'n barod amdano 'to.

'Grynda,' mynte hi, 'so chi'n ama 'ngair i neg y'ch chi, gobitho?'

'Dim o gwbl,' pipws Eifionwen miwn, 'ond hoffem glywed llinell o un o'ch cerddi.'

'O! pöetri chi'n feddwl, iefe? Wel, 'sech chi weti bod yn gryndo 'sech chi weti clywed lot o böetri fi heddi 'ma. 'Na chi'r gân hir ganws yr hen fynyw i'r boi yn y gatair fowr ar y stej.'

'Ond roedd y gerdd honno wedi'i llunio gan Dic Jones i gyfarch y bardd buddugol heddiw,' mynte Goronwy.

'Dic Jones,' mynte Lisi yn ddirmyg i gyd, 'be ma 'wnnw yn gwpod, ys gwn i? Mae fe'n talu fi i neud ei waith iddo fa.'

Wherthin nath Goronwy-pibonwy ac Eifionwen yn ei hwineb hi, ac o'n i ddim yn synnu, wath o'n i'n gwpod yn iawn ei bod hi'n lapan fel politisian.

'Sgiwswch fi,' mynte Lisi yn eitha cas 'e'yd, 'chi'n gweld y gatair fowr 'na ar y stej 'na? Ma whech ohonyn nhw yn 'yn tre ni.'

'A phwy, os ga i fod mor hy â gofyn, enillodd nhw? Chi?' gofynnws Goronwy drwy sbeng ofnatw.

'Na, nece fi 'nillws nhw ond 'nhed, wncwl i mi a nhatcu.'

'A beth oedd enwau barddol y gwroniaid hyn?' gofynnws Eifionwen yn dalp o anghrediniaeth.

'Enwe barddol?' mynte Lisi, fel 'se'r geth weti c'el ei thafod, ac o'dd hi'n gorffod meddwl cetyn cyn mentro gweud gair arall. Ond do'dd dim pall arni. 'Enwe barddol? Jiw o'dd lot o enwe barddol 'da nhw. So fi'n cofio nhw i gyd.'

Yna trows Goronwy-pibonwy i ddishgwl ar Eifionwen a throws Eifionwen i ddishgwl ar Goronwy, ac o le o'n i'n ishte (rhwng Goron a Lisi) o'n i'n gallu gweld yr amhûeth a'r gwawd yn 'u lliced nhw, ac wi bown o weud, er 'mod i'n gweud hyn am 'yn wh'er 'yn hun, o'dd hi weti mynd yn rhy bell y tro hyn.

'Wel, diddorol iawn,' mynte Mr Bwytygynnyn cystal â gweud neg o'dd hi'n ddiddorol o gwbwl, 'dyna ni. Rhaid inni fynd. Hwyl fawr.'

'Prynhawn da,' mynte Eifionwen.

'Da boch a dibechod,' mynte Lisi gan ychwanecu, 'fel o'dd 'n tetcu J T Job yn arfer gweud.'

Englyn Liws

Peth anodd dan unrhyw amodau yw llunio englyn byrfyfyr, ond fe luniodd Liws un a hithau'n wynebu'r crocbren. Roedd ei thad yn fardd a'i hewythr yn fardd a'i brodyr ill tri a'i chwaer hyd yn oed i gyd yn feirdd. Fe'i magwyd ar farddoniaeth. Roedd barddoniaeth yn ei gwaed, fel petai. Ei brawd Dafydd a'i chwaer Jini oedd y goreuon yn y tylwyth. Gallent droi bryniau a choed ac afonydd a chymylau ac adar, wrth gwrs, yn gywyddau. Gallent droi moch a defaid a chŵn a chathod bach a llygod mawr hyd yn oed yn benillion. Roedd popeth yn ddŵr i felinau eu hawen. Yn wir, roedden nhw'n ddewiniaid yn troi'r pethau mwyaf cyffredin ac arferion dinod bob dydd drwy ryw alcemi yn gerddi. Cyfran fechan o'r ddawn hon, yn ei thyb ei hun, oedd gan Liws.

Ond o ran ei gŵr, doedd dim rhithyn o farddoniaeth yn perthyn iddo. Camgymeriad oedd ei briodi yn y lle cyntaf. Tybiai ei fod yn olygus a chredai fod harddwch yn gyfystyr â daioni. Buan iawn y dysgodd nad oedd unrhyw gysylltiad rhwng y ddau. Buan, hynny yw, ar ôl priodi, pan oedd hi'n rhy hwyr. Ac aeth ei gŵr â hi yn bell bell i ffwrdd oddi wrth ei theulu ac wedyn dyna lle roedd hi heb neb i droi ato ac yn gaethferch i bob pwrpas, yn eiddo i'w gŵr.

Pan gyfarfu â'i gŵr gyntaf, ar wahân i'w lygaid glas golau, llwyd bron, a'i wallt oedd yn donnau melyn, y peth mwyaf deniadol amdano oedd ei ddwylo. Er bod ôl gwaith caled arnyn nhw – wedi'r cyfan, dyn y tir oedd yntau fel gwŷr ei theulu – roedd rhyw dynerwch, fel y tybiai, yn perthyn i'r bysedd hirion. Pwy fuasai wedi rhagweld y byddai'r dwylo hyn yn cael eu defnyddio i'w churo a'i chlatsio a'i brifo? Cysylltai bob anaf a briw â'r tirlun dieithr o'i chwmpas. Adlewyrchid y chwydd ar ei thalcen gan y bryn gyferbyn. Deuai'r cleisiau mas ar ei breichiau a'i bronnau a'i gwddwg gyda'r un lliw â'r mynyddoedd yn y pellter. Eto i gyd, doedd hi ddim yn rhan o'r fro hon a mawr oedd ei hiraeth am ei chynefin.

Nid creulondeb ei gŵr tuag at ei chorff oedd yn ei brifo fwyaf, eithr ei anffyddlondeb. Pam oedd e wedi troi at ferched eraill a gwneud hynny heb unrhyw ymgais i guddio'i odineb, heb unrhyw gywilydd yn wir? Fe fyddai'n cwrdd â nhw yn y tafarn ac yn dechrau cyboli gyda nhw yno, o flaen ei llygaid hi. Wedyn fe fyddai'n dod â nhw 'nôl i'r bwthyn – ei chartref hi – er gwaetha'i phrotestiadau. Un tro fe fynegodd ei gwrthwynebiad ac am hynny fe'i caewyd hi mewn cwt, fel anifail, ac aeth ef a'i odinebwraig i'r llofft, i'w gwely hi i garu, a hithau yn y cwt yn gorfod gwrando ar sŵn eu blys.

Weithiau roedd y menywod yn hŷn na hi ac, er taw hi'i hun oedd wedi sylwi ar hyn, anaml roedden nhw'n bertach na hi. Roedd un neu ddwy yn ddigon hyll. Pam oedd e'n troi at y menywod hyn? Wedi'r cyfan, on'd oedd e wedi'i phriodi hi a dweud ei fod yn ei charu a thyngu llw o ffyddlondeb iddi o flaen offeiriad mewn eglwys? A doedd hi ddim wedi newid, yr un un oedd hi o hyd. Puteiniaid oedden nhw, hwrod, twmpanod.

Bob yn dipyn bach fe ddaethai Liws i ddeall nad oedd hi'n ddigon iddo. Ni allai fod yn fodlon ar un fenyw er iddo'i dewis hi. Rhaid oedd iddo gael amrywiaeth a diddanwch newydd o hyd. Ond roedd ganddo feistres arall a honno yn meddwl mwy iddo nag unrhyw wraig na hwren. Cwrw oedd ei gariad cyntaf. Treuliai fwy o amser yn y tafarn nag a wnâi wrth ei waith. Gwariai fwy o arian ar gwrw nag ar ddim arall ac o ganlyniad roedden nhw'n byw o'r llaw i'r genau gyda'r lanlord yn bygwth eu taflu mas ar yr heol pe na châi'i rent. Prin y gallai Liws ddioddef yr ansicrwydd. Ond pe cwynai fe gâi hi ei churo. Yn ei gwrw byddai'i gŵr yn lân wrthi un funud a'r funud nesaf fe fyddai'n ei churo. Heb ei gwrw fe fyddai'n ei churo.

Sawl gwaith fe geisiodd Liws redeg i ffwrdd, ond bob tro fe ddaeth Ifan ar ei hôl a'i dal hi gan ei chosbi'n ddidrugaredd a'i chloi hi yn y cwt eto am ddiwrnodau nes iddi 'dawelu', nes iddi 'ddysgu'i gwers'.

Pe bai hi'n dywysoges mewn chwedl fe fyddai hi'n gallu dweud ei chŵyn wrth aderyn neu fe allai glymu neges wrth ei goes a byddai hwnnw wedyn yn hedfan i ffwrdd nes dod o hyd i'w brawd gan drosglwyddo'i chenadwri iddo. Yna, fe ddeuai'i brawd a'i hachub a mynd â hi adre. Ond, afraid dweud, nid tywysoges mewn chwedl mohoni ac ni allai'r adar gwyllt ddeall ei gofid.

Ac wrth i'r blynyddoedd basio magodd Ifan floneg, collodd ei wallt. Diflannodd y llanc ifanc hardd y rhoes Liws ei chalon iddo. Fe'i trawsffurfiwyd gan alcemi'r cwrw yn fochyn afrosgo, sbeitlyd. Ac roedd Liws ac yntau bellach yn grwydriaid digartref i bob pwrpas, yn cael eu gyrru o le i le, o bared i bost. Ond roedd y cadwyni anweledig a glymai Liws wrth Ifan yn gryfach nag erioed. Hyhi oedd holl ffocws ei rwystredigaeth. Ar ei chorff hi y mynegai'i ddicter ynglŷn â'i fethiant. Yna, un diwrnod, rhoes iddi un bonclust yn ormod. Ar ôl iddi wneud yr hyn a wnaeth hi wedyn ni allai Liws gofio'r rheswm dros y bonclust hwn'na, yn wir nid oedd rhaid iddo gael esgus nac achos dros ei churo hi. Ond gyda'r ergyd honno fe ddeallodd hithau na châi hi weld ei brawd na'i chwaer na'i bro byth eto, deallodd fod ei hieuenctid wedi llithro o'i gafael ac na châi fod yn hapus a chael lle y gallai feddwl amdano fel cartref, na châi fod yn fam na chael canu hwiangerddi i'w babanod fel y canodd ei mam i'w brodyr a'i chwaer, a'r peth gwaethaf oll, efallai, oedd y ddealltwriaeth na châi weld barddoniaeth mewn bywyd eto. Ac mewn fflach fe afaelodd yn y twca ar y ford a thynnu'r min gydag un symudiad llyfn dan ên ei gŵr. Agorodd hollt goch yn ei wddwg fel torri cwys yn y pridd. Llifodd y gwaed yn rhaeadr dros ei frest. Ac yn sydyn sylweddolodd Liws fod yna farddoniaeth i'w chael mewn bywyd wedi'r cyfan. Awen dialedd. Barddoniaeth cyfiawnder.

Ni theimlai unrhyw euogrwydd a dyna pam na wnaeth hi ddim i gelu'r weithred na dim i wadu'r hyn a wnaeth. Ac yn fuan wedyn fe aed â hi o flaen ei gwell, ys dywedir. Gwyddai na chymerid i ystyriaeth ei stori hi. Wedi'r cyfan, beth oedd hi fel gwraig ond eiddo'r gŵr? Ni ddeallai neb hanes ei dioddefaint hi. Safodd yn y llys gan ddal ei phen lan a dal ei dagrau yn ôl. Ni allai Liws ddilyn y dadleuon o'i phlaid nac yn ei herbyn gan fod y cyfan yn Saesneg; beth bynnag, ni fyddai wedi gallu amgyffred y cyfan a'i meddyliau'n troi mewn byd arall. Ni sylwodd ar union eiriad y dyfarniad ond gwyddai'i fyrdwn cyn i'r barnwr ei lefaru. A dyna pryd y lluniodd yr englyn.

Y Sgarff

Fe gofiai Linda yn union ble roedd hi pan saethwyd yr Arlywydd Kennedy ac roedd ganddi dystiolaeth i brofi hyn, er iddi'i chadw'n gyfrinach ar hyd ei hoes.

Yn 1987 agorodd Linda siop fach i werthu hen bethau mewn tref fechan ar lan y môr. Lle bach lliwgar a deniadol oedd y siop pan agorwyd hi y flwyddyn honno. Fe lwyddodd Linda i greu naws groesawgar a dymunol drwy drefnu'r celfi fel y gallai'r cwsmeriaid eistedd fel petaen nhw'n ymweld â ffrind yn ei gartref. Roedd yno soffa, dwy gadair esmwyth swmpus, clustogau a charthenni o waith crosio mewn gwlân o bob lliw. Gorchuddiodd Linda bob modfedd o'r waliau â lluniau mewn fframiau o bob math ac ambell i blât arbennig. Roedd yno le tân (ond anaml y cynheuid tân ynddo) ac o'i flaen ryg streipiog ac ar y silff-ben-tân doreth o ornamentau: eliffantod bach, cathod, adar, plant yn llefain, elyrch a sawl bugeiles, a phob un fel petai'n ymgiprys am y gorau am le i sefyll. Ar hyd y lle roedd yna fordydd amrywiol o ran siâp a maint a silffoedd yn drymlwythog dan fwy o addurniadau a lluniau. Roedd yna lampau, tebotiau dirifedi, llestri (ambell i set cyflawn ond darnau od oedd y rhan fwyaf ohonynt), teganau, doliau, tedis, dillad, mwclis, tlysau, clustdlysau, modrwyau, breichledi, setiau o dri mwnci dall-mud-byddar, poteli, ambell i aderyn ac anifail wedi'i stwffio, cyllyll, ffyrc a llwyau, digonedd o ecopau, brwsys gwallt a brwsys dillad, heb sôn am un neu ddau wrthrych â'i bwrpas yn ddirgelwch i bawb. Er gwaetha'r annibendod a'r prinder lle i symud roedd awyrgylch y siop fel petai'n datgan – 'Dewch i mewn, eisteddwch!' Ond roedd pob dim yn y nyth bach rhyfeddol hwn wedi'i labelu â'i bris. Wedi dweud hynny, nid oedd dim costus yno ac nid oedd Linda wedi disgrifio'r busnes fel peth mor ymhonnus â siop *'antiques'* eithr fel siop 'bric-a-brac' gyda'i phwyslais ar 'drugareddau' o'r pump a'r chwedegau. Ond er gwaetha'i gwreiddioldeb, yr un hen bethau a phob un yn yr un lle oedd yno fwy neu lai yn 1997, ac felly hefyd yn 2007, ond bod y cyfan erbyn hynny wedi'i orchuddio gan haenau o lwch y degawdau.

Ond ynghyd â dyfnder y llwch gorchuddid holl drugareddau'r siop â haen am ben haen o amheuaeth. Yn ôl Linda roedd gan bob peth ei hanes a'i stori.

'Ti'n gweld y corgi bach 'na yn y ffenest?' gofynnai. 'Anrheg oddi wrth y Frenhines yw hwn'na. A'r botel ddŵr poeth 'ma yn y gornel? Un Marilyn Monroe yw hi. Ces i hon'na pan o'n i'n byw yn America. A'r drych bach pert 'na ar y silff 'na? Gan Buddy Holly ei hun ces i hwn'na.'

Doedd ei storïau ddim i gyd yn taro deuddeg. Ble yn union oedd hi wedi byw yn America? Beth yn gwmws oedd ei gwaith yno? Ond roedd Linda wedi perffeithio'r grefft o fod yn aneglur. Roedd hi'n feistres ar amwysedd. Ym mhob un o'i hatgofion, fel y bydda i'n dangos nawr, roedd y manylion, y dyddiadau a'r lleoliadau yn brin – ac eithrio un dyddiad, un lleoliad ac un manylyn.

Llyfrau ail-law oedd yr unig bethau a werthai Linda yn gyson a dyna'r unig fasnach oedd yn cadw'r busnes ar ei draed. O dro i dro fe werthai Linda lun neu lestr, gan adael cylch clir yn y llwch ar ei ôl, dim ond i gael ei lenwi gan bethau tebyg. Rhoddai hyn yr argraff i'r ymwelydd achlysurol (y fi, er enghraifft) dros y blynyddoedd fod amser wedi sefyll yn stond yn y siop, ac oherwydd natur ei nwyddau dyddiedig crëwyd y teimlad mai rhywbryd tua 1963 y stopiodd y cloc yn siop Linda. Ac roedd rhywbeth ynghylch Linda'i hun a danlinellai'r argraff honno; nid yn unig ei sbectols adeiniog a steil ei gwallt (*bouffant*) a'i dillad (meddyliwch am Diana Dors a dyna ddillad Linda) eithr ei ffordd o symud a siarad a'i sigarennau hefyd, a'i gwên hyd yn oed.

Gadewch inni fynd yn ôl at ei sbectols gan eu bod yn gymaint rhan ohoni fel y byddai angen llawdriniaeth feddygol i'w tynnu oddi ar ei hwyneb. Yn America yn 1961 y cafodd Linda'r sbectols oherwydd dyna lle roedd hi'n byw ar y pryd (er iddi adnewyddu'r gwydrau sawl tro dros y blynyddoedd, cadwodd y fframiau pili pala drwy bob newid ffasiwn). Fel hyn y cefais yr hanes (bob yn damaid) wrth i mi ddod i'w nabod hi dros y blynyddoedd. Aethai draw ar ddiwedd y pumdegau i ymuno â'i chnithder Angela a aethai yno i fyw yn 1957. Roedd yr Unol Daleithiau yn llifeirio o laeth a mêl (neu Coca Cola a hufen iâ), yn wlad yr addewid, yn wlad y palmentydd aur. Roedd gan bob un ei deledu a'i oergell ac roedd yno ddigonedd o swyddi i ferched fel Linda oedd yn gallu teipio'n glou a gwneud llaw-fer. Roedd pob merch yn annibynnol a'r dynion i gyd yn olygus ac yn debyg i Rock Hudson. Neu fel hyn y darluniodd Angela y Byd Newydd yn ei llythyrau at Linda. Ac felly dihangodd Linda o Wlad y Gân a'r capeli a chyfnewid y Menig Gwynion am ei gweledigaeth o obaith a chyfle.

Ymunodd ag Angela yn Efrog Newydd i ddechrau. Lle mawr budr, arswydus lle teimlai Linda fel llygoden fach wedi'i dal yn sownd mewn teipiadur. 'Ceir ym mhob man dyrau anferth a phobl anghwrtais,' meddai hi. Yn anochel daeth y rhwyg rhyngddi ac Angela. Ffarweliodd â hi ac am rai blynyddoedd wedyn bu Linda yn crwydro o ddinas i ddinas, o dalaith i dalaith ac o swydd i swydd. Nes iddi gyrraedd Dallas, Texas yn 1960 lle cafodd swydd arall fel ysgrifenyddes a'i fflat ei hun a'i hoergell (o'r diwedd) a'i sbectols y flwyddyn wedyn a'i theledu cyntaf (un o'r rhai lliw cynharaf, meddai hi).

Ond roedd y swydd a'r swyddfa a'i chydweithwyr a Dallas ei hun yn ddiflas ac nid oedd yr un Rock Hudson ar y gorwel i'w weld.

'O'n i'n dechrau hiraethu am Gymru,' meddai gan dynnu ar ei sigarét a gadael y mwg wedyn i gordeddu o'i cheg a'i ffroenau, 'ac o'n i'n hogi i fynd 'nôl i'r Hen Wlad pan glywais i fod yr Arlywydd a'i wraig yn dod i Dallas.' Dracht arall ar y sigarét, mae'n 1963 eto. '"Wel, man a man i mi sefyll yma tan ddiwedd y flwyddyn," meddwn i wrth 'yn hunan, wath o'n i'n edmygu Mrs Kennedy yn fawr.'

Ac felly bu. Arhosodd Linda ar gyfer yr ymweliad Arlywyddol.

'Wrth gwrs, roedd pob un yn cael diwrnod bant. Ac edrychais i ar y cynlluniau ar gyfer yr osgordd a phenderfynu taw'r lle gorau i sefyll oedd yn Dealey Plaza ar y gwair. Fe fyddai llai o bobl yno. Mae'n gas gen i dorfeydd mawr. Prynais gamera bach newydd sbon.'

Sugnodd ar y sigarét eto ac wrth iddi ryddhau'r cymylau o'i hysgyfaint fel ysbryd ar ffurf ectoplasm yn dod o gorff cyfryngydd mewn *séance* aeth y gwaed o'i hwyneb.

'Dwi'n cofio,' meddai a daeth rhyw olwg bell i'r llygaid glas y tu ôl i'r sbectols, 'sefyll ar y patsyn glas oeddwn i yn aros amdano, sgarff am fy mhen, y camera yn 'y nwylo yn barod.'

Cododd ei dwylo at ei llygaid fel petai'n dal y camera o hyd. Roedd hi'n ail-fyw'r cyfan.

'Dyma'r car mawr du yn dod reit o 'mlaen i,' meddai mewn llais oer, llais menyw ifanc. Merch yn ei hugeiniau oedd hi unwaith yn rhagor. 'A gwelais bopeth trwy lens y camera. Fel arall fyddwn i ddim wedi gallu'i oddef e. Yr Arlywydd yn gwenu ac yn codi'i law, ei wraig mewn dillad pinc a het binc bert ar ei phen yn eistedd wrth ei ochr. A finnau'n tynnu lluniau drwy'r amser, yn ofni colli eiliad. Ac mor falch oeddwn i 'mod i wedi dewis cystal lle i sefyll. Daeth y car o fewn hyd braich i mi. Yn llythrennol. Oni bai am y camera gallaswn i fod wedi estyn 'yn llaw a chyffwrdd â'r car.'

Y fi yn unig oedd yn y siop bellach wedi f'amgylchynu gan yr holl hen bethach diraen a llychlyd llwydaidd. Roedd Linda yn sefyll gyferbyn â'r bryncyn gwelltog, Tachwedd yr ail ar hugain, 1963.

'Clec! Aeth y sŵn drwy 'nghorff i. Clec arall! Ac un arall! A thrwy lens y camera gwelais ben yr Arlywydd ifanc yn ymagor fel rhosyn coch enfawr.'

Roeddwn i'n ofni'i bod hi'n mynd i lewygu felly es i'r gegin yng nghefn y siop i ôl diferyn o ddŵr oer. Bob yn dipyn ar ôl iddi gael llymaid daeth ati'i hun.

'Des i 'nôl i Gymru yn syth ar ôl hynny,' aeth yn ei blaen. 'Gweithiais fel ysgrifenyddes mewn amryw swyddfeydd drwy weddill y chwedegau a'r saithdegau. Dyna pa mor hir y cymerodd i mi ddod dros y profiad 'na. Ac fel y gweli di mae'n dal i effeithio arna i. Aeth sŵn y bwledi 'na drwy fy mywyd gan ei rwygo'n ddau ddarn. Y rhan cyn y diwrnod hwnnw pan allwn edrych ymlaen, a'r ail ran sydd ond yn gallu edrych 'nôl ar y munudau 'na a finnau'n tynnu lluniau o'r anfadwaith.'

'Ys dant rhag tafod' meddai'r Ysgrythur ond allwn i ddim atal fy hunan rhag gofyn –

'Beth am y lluniau?'

'Roedden nhw rhy ofnadw i'w cadw.'

'Ond beth am eu pwysigrwydd hanesyddol?'

'Doedden nhw ddim yn ddigon clir, wath oedd y car yn symud ac yn rhy agos.'

'Felly,' meddwn i, ac allwn i ddim cuddio'r ddrwgdybiaeth yn fy llais, 'does dim tystiolaeth 'da ti o gwbl, mewn gwirionedd.'

'O oes,' meddai, 'mae'r sgarff 'da fi o hyd.'

Amser yng Nghymru Fydd

Weithiau mae'r gorffennol yn dod yn ôl ataf fi gyda chlatsien er bod yr atgof am y gorffennol hwnnw yn y dyfodol mewn gwirionedd. Fel y tro hwnnw pan ofynnais i Dr Llywarch ai rhyw fath o fochyn gini oeddwn i. Ond petawn i ond yn gwybod heddiw beth nad oeddwn yn ei wybod ddoe fyddwn i ddim wedi gwneud yr hyn a wnes i yfory yn y gorffennol. Yn labordy Dr Llywarch yr oeddwn (hynny yw y byddaf i) yn y flwyddyn 2033, wedi fy anfon yno gan Dr Heinkel, er na wyddwn i hynny ar y pryd (fel y cawn weld).

— Nace, nace, meddai Dr Llywarch, nace mochyn gini mohonoch. Rydych chi'n Arbrawf Gwirfoddol Gwyddonol Rhyng-ddeimensiynol, Rhyng-amserol Amodol.

— Gwirfoddol? Amodol? Arbrawf?

— Ie, ie, nawr 'te ewch yn ôl i mewn i'r capsiwl os gwelwch yn dda.

— Ond dwi ddim wedi bod yn y capsiwl yma o gwbl!

— Do, do. Yn y capsiwl yma y daethoch chi ond dydych chi ddim yn cofio. Nawr 'te, eisteddwch 'nôl yn gyfforddus a chlymwch bob gwregys yn dynn.

— Ond dwi ddim yn licio fe…

— 'Steddwch 'nôl nawr, a rhoes Dr Llywarch hwb i mi fel nad oedd fawr o ddewis a dyma fe'n clymu'r gwregysau'n dynn am fy mreichiau a'm coesau a'm canol a hyd yn oed o amgylch fy mhen. Dyn diamynedd oedd – neu, yn hytrach, fydd – Dr Llywarch.

– Os y'ch chi'n dymuno mynd yn ôl i'ch oes eich hun rhaid i chi gydweithredu, Mr Powell.

– Ond dwi ddim yn siŵr 'mod i moyn mynd 'nôl. A dwi ddim yn deall sut des i i'r dyfodol, hynny yw y presennol ar hyn o bryd, heb i mi heneiddio a goroesi fy marwolaeth fy hun sydd eto o fy mlaen i, gobeithio. A 'swn i'n gwneud rhywbeth yn y dyfodol, sef nawr, a fyddai hynny yn cael effaith ar y gorffennol, hynny yw fy mhresennol i? Ac os oes modd mynd yn ôl...

– Dyna ddigon o siarad. Un pigiad bach.

– Mae'r nodwydd 'na yn anferth! Beth sydd ynddi hi?

– Cyfuniad o niwtrinos a chelloedd bonyn...

– Ych-a-fi! Na! Wi moyn cael 'yn rhyddhau!

– Does dim dewis 'da chi, Mr Powell.

– Wi'n fochyn gini! Wi'n fochyn gini!

~

– ... chyn gini. Gin. Ni.

– A ha! Croeso 'nôl, Ifan! Arbrawf llwyddiannus.

– Pwy y'ch chi?

– Dr Heinkel. Dydych chi ddim yn fy nghofio i?

Doeddwn i ddim yn ei gofio ar y dechrau.

– Does 'da fi ddim amcan pwy y'ch chi.

– Wel, ydych chi'n cofio'r dyfodol? Dyna beth sy'n bwysig inni nawr yntefe?

Datglymodd Dr Heinkel y rhwymau a'm rhyddhau o'r capsiwl. Teimlwn yn wan wrth sefyll a daeth y pendro drosto i. Ond bob yn dipyn bach des i ataf fy hun ac aethon ni i barlwr Dr Heinkel oedd hefyd yn labordy a chawsom ni ddisgled o de yno.

— Dyna be dwi ddim yn deall: sut mae rhywun yn gallu cofio'r dyfodol? Rhaid fy mod i wedi bod drwy sawl dyfodol er mwyn cyrraedd 2033, os yw'r hyn rydych chi'n ei honni yn wir. Ac os yw'n bosibl mynd 'nôl, neu yn hytrach ddod yn ôl i'r gorffennol, sef y presennol, wel dyna ni wedi curo marwolaeth! 'Na gyd sydd eisiau ei wneud yw saethu pob un yn ôl i'r gorffennol o'i wely cystudd. Ond a fyddai rhywun yn byw yr un bywyd dro ar ôl tro? Ew! Mae'r pendro wedi dod 'nôl!

— Gadewch yr ystyriaethau hynny i ni'r gwyddonwyr, Ifan.

— Ond dwi moyn deall. Nace lle yw amser, dyw'r gorffennol ddim yn bodoli o hyd mewn rhyw amgueddfa ryngwladol – na'r dyfodol chwaith, dyw'r dyfodol ddim yn aros amdanom yn gyflawn nes inni ei gyrraedd, neu fe fyddai angen amgueddfa ar gyfer pob munud, pob eiliad a fu, y sydd ac a fydd.

— Ie, ie, chi'n dipyn o athronydd on'd y'ch chi? Ond beth am y dyfodol? Beth y'ch chi'n ei gofio? Dywedwch fwy am y Dr Llywarch 'na. Pa fath o le oedd Cymru yn 2033?

— Cerwch i weld dros eich hunan.

— Dewch nawr, rhaid i chi gydweithredu, Ifan.

— Dyna be ddywedodd Dr Llywarch, neu yn hytrach, dyna be mae Dr Llywarch yn mynd i'w ddweud. Hei, mae 'da fi syniad, pam na wnewch chi fy saethu i ymlaen i nos Sadwrn i gael rhifau'r loteri a dod â fi 'nôl at heddiw? Fe fydden i'n gyfoethog!

— Peidiwch â bod yn wirion, meddai Dr Heinkel yr un mor ddiamynedd â Dr Llywarch (a hwnnw heb gael ei eni eto).

— Dwi hollol o ddifri, Dr Heinkel, mae'n syniad da.

— Dy'n ni ddim yn gallu 'saethu' pobl yn ôl ac ymlaen drwy amser drwy'r amser. Mae'n rhy gostus a pheryglus.

— Peryglus! Nawr chi'n gweud wrtho i! Ro'n i'n gwbod taw mochyn gini o'n i. Dim ots i chi nac i Dr Llywarch 'swn i wedi mynd sblat yn y flwyddyn 2024.

— Pam 2024? Be ddigwyddodd y flwyddyn honno?

— Weles i ddim.

— Wel, gwedwch beth welsoch chi, dyna holl bwynt yr arbrawf 'ma!

— Sdim eisiau gweiddi. 'Na gyd weles i oedd rhyw labordy a'r Dr Llywarch 'ma. Erbyn meddwl, wi ddim yn siŵr 'mod i wedi ymweld â 2033 o gwbl. Dim ond eich gair chi sydd 'da fi. Falle taw tric i'n twyllo yw'r cyfan, fel dyddiaduron Hitler neu ffilmio'r dynion ar y lleuad yn 1969 neu Rowan Williams.

— Pam 'swn i a Dr Llywarch yn mynd i'r holl drafferth 'ma, meddai gan gyfeirio at yr holl offer a pheiriannau ac aperatws o'i gwmpas, dim ond er mwyn eich twyllo chi?

— Wel, falle fod hyn i gyd yn rhan o set ar gyfer ffilm neu ddrama deledu wedi'i gosod yn y dyfodol.

— Gwrandwch, Ifan, fe gawsoch chi'ch dewis ar gyfer yr arbrawf 'ma oherwydd ein bod dan yr argraff eich bod yn anghyffredin o ddeallus. Mae'n amlwg inni gael ein camarwain.

— Sdim eisiau bod yn bersonol.

— Jyst gwedwch rywbeth am y dyfodol, rhywbeth am yr hyn a welsoch chi yn y flwyddyn 2033. 'Na gyd wi'n gofyn yw tamaid o dystiolaeth fod yr arbrawf wedi bod yn llwyddiant. Ai Dr Llywarch oedd yr unig berson i chi ei weld? Aethoch chi i unrhyw le heblaw'r labordy? Gawsoch chi rywbeth i f'yta? Rhywbeth i yfed? Oes 'na rai yn siarad Cymraeg o hyd?

— Ches i ddim i f'yta nac i yfed, wath oedd Dr Llywarch braidd yn anghwrtais ac yn pallu gadael i mi symud. Wrth gwrs, ma fe'n siarad Cymraeg, wedi dysgu o hen gopi o *Teach Yourself Welsh* achubodd ef o goelcerth anferth 2027, meddai fe, pan losgwyd y rhan fwyaf o lyfrau. Ond mae'n debyg fod 'na hen fenyw yng Nghaerdydd 'oedd' neu 'fydd' yn gallu gweud 'Cymru am byth' heb unrhyw gymorth o gwbl yn y flwyddyn 2033.

— Dwi ddim yn eich credu chi, meddai Dr Heinkel yn bwdlyd, chi sy'n chwarae tric nawr, yn rhaffu celwyddau.

— Wi'n fodlon tyngu llw ar fy smartffôn.

— Ifan, meddai Dr Heinkel, yn amlwg wedi dod i ben ei dennyn, mae'n bryd i chi fynd. Chi wedi gwastraffu f'amser.

— Beth petaech chi'n mynd yn eich capsiwl a mynd â'ch hunan 'nôl i'r awr cyn i chi ddechrau arbrofi arna i?

Ar hynny gadewais labordy Dr Heinkel. Roedd hynny rhyw bymtheng mlynedd yn ôl a phymtheng mlynedd yn nes at fy nghyfarfyddiad â Dr Llywarch. A chyn nawr a hynny rhaid i mi rywsut anghofio'r cwestiwn twp 'Ai rhyw fochyn gini ydw i?' a'i ofyn eto o'r newydd, fel petai, yn 2033 cyn cael fy saethu yn ôl yn y capsiwl i labordy Dr Heinkel eto. Mae'n gylch cythreulig amseryddol. Ac mae'n od taw heddiw yw'r ddoe y mae rhywun yn cofio amdano yn hiraethus yn y dyfodol. Ond nid yn f'achos i. Ac mae'n amlwg taw mochyn gini ydw i, oeddwn i ac y byddaf i, dyna pam mae'r cwestiwn yn peri cymaint o embaras i mi, fel bod y dyfodol yn dod yn ôl ataf i gyda chlatsien.

Nodiadau
ar y Dirgelion

Cyfrinach y Saer Coed

Yn ôl rhai, fe lwyddodd Bill Frost i lunio 'peiriant hedfan' a'i gael i weithio yn 1895 yn Saundersfoot, hynny yw rhyw wyth mlynedd cyn y brodyr Wright.

Dyddiau Olaf Charles Edwards

Mae diwedd Charles Edwards yn ddirgelwch. Yn ei hunangofiant byr *An Afflicted Man's Testimony Concerning his Troubles* (1691) fe welir arwyddion gwallgofrwydd a pharanoia ac ar ôl iddo gyhoeddi'r gwaith hwn fe ddiflannodd.

Ar Hyd y Caeau

> O why do you walk through the fields in gloves,
>   Missing so much and so much?
> O fat white woman whom nobody loves...

> 'To a Fat Lady seen from a Train'
> Frances Cornford

Am flynyddoedd tybiwn fod Frances Cornford yn ddyn a gofidiwn am y 'fenyw dew' – sut y gwyddai'r bardd nad oedd neb yn ei charu? Yn y stori hon defnyddiais fersiwn o Ceridwen Morgan o nofel Islwyn Ffowc Elis *Ffenestri tua'r Gwyll* ond gan ei chynysgaeddu â mwy o rywioldeb cnawdol, gobeithio.

Evan Roberts yn Brighton

Ar ôl ei ran yn Niwygiad 1904–5 mae bywyd Evan Roberts yn dipyn o ddirgelwch. Aeth i fyw gyda Mr a Mrs Penn Lewis yng Nghaerlŷr. Yn y 1920au aeth i Brighton i fyw.

Yn ystod y Diwygiad daeth W T Stead, un o newyddiadurwyr amlycaf ei ddydd, i Gymru i wneud cyfweliad ag Evan Roberts. Yn 1912 bu farw Stead ar y *Titanic*.

Hardd Wreangyn

> Deuthum i ddinas dethol,
> A'm hardd wreangyn i'm hôl.

> 'Trafferth Mewn Tafarn'
> Dafydd ap Gwilym

Iago Prytherch yn yr Ysbyty

Creadigaeth R S Thomas, wrth gwrs. Er i'r bardd ganu galarnad iddo fe welais sawl 'Iago Prytherch' yn yr ysbyty yn ddiweddar.

Iolo yng Ngwlad yr Haf

Nid yw'n amhosibl nad Iolo Morganwg dorrodd ar draws ysbrydoliaeth Samuel Taylor Coleridge cyn iddo gwblhau'i gerdd fawr 'Kubla Khan'.

Plentyn y Stryd

Mae'r awgrym fod y cymeriad Heathcliff yn nofel Emily Brontë, *Wuthering Heights*, yn groenddu yn dyddio yn ôl i'r 1960au, ond mae'n beth od nad oes neb yn y nofel yn dweud ei fod yn groenddu.

Mae Mr Earnshaw yn dod o hyd i Heathcliff fel plentyn ar y stryd yn Lerpwl, ac fel hyn y disgrifir ef ar ddechrau'r nofel:

a dirty, ragged, black-haired child; big enough both to walk and talk… yet, when it was set on its feet, it only stared round and repeated over and over again some gibberish that nobody could understand.

Onid yw'n gwneud mwy o synnwyr o lawer i ddweud taw Cymro oedd y plentyn a taw Cymraeg oedd y *gibberish* annealladwy i deulu Earnshaw? Yn wir, mae'n bosibl bod sail i'r awgrym hwn. Yn *The Brontës in Ireland* (1893) adroddodd William Wright draddodiad o fewn teulu'r Brontës am 'Welsh Brunty'. Mabwysiadwyd Welsh Brunty gan or-or-hendaid Emily Brontë, Hugh Brunty; mewn marchnad wartheg yn Lerpwl y daethai o hyd i'r plentyn. Ar farwolaeth Hugh Brunty meddiannodd Welsh Brunty fferm y teulu yn Iwerddon gan briodi un o ferched ei dad mabwysiadol, yn groes i'w dymuniad hi.

Roedd plant Earnshaw wedi gofyn i'w tad ddod â chwip a chrwth iddynt yn anrhegion o Lerpwl; yn eu lle daeth â'r plentyn y rhoddwyd yr enw Heathcliff iddo yn ddiweddarach.

Y Seiffr

Er ei bod yn amlwg bod y manylion i gyd yn y stori hon yn cyfateb i'r ffeithiau sy'n hysbys am lawysgrif Voynich fe benderfynais y byddwn yn newid yr enw rhag ofn i'r dirgelwch gael ei ddatrys rywbryd yn y dyfodol. Mae'r stori yn dibynnu ar natur annealladwy y llawysgrif.

Saunders Lewis yn Aberystwyth

Cerdd Saunders Lewis 'Golygfa mewn Caffe' yw cychwynbwynt y stori, a'r diflanedig 'Craiglais House' yw'r model ar gyfer y tŷ.

Y Ford

Melinda yw'r fenyw liwgar a chosmopolitaidd yn *Tywyll Heno*. Bet a Gruff Jones yw'r prif gymeriadau.

Y Gaethferch

… fæste binde	… rhwymaf yn dynn
swearte Wēalas	y caethweision Cymreig tywyll
… hwīlum feorran brōht	… weithiau'r forwyn
wonfeax Wāle	o Gymraes
	wallt du a ddygwyd o bell

Daw'r dyfyniad o un o'r posau Eingl-Sacsonaidd. Ateb y pos yw 'lledr' sydd yn rhwymo'r Cymry oedd yn gaethweision i'r Eingl-Sacsoniaid. Dyddia'r gerdd o'r ddegfed ganrif, yn fras.

Carwn ddiolch i'm cydweithiwr yr Athro Marged Haycock am ei chymorth gwerthfawr ynglŷn â'r nodyn hwn. Myfi sy'n gyfrifol am y cyfieithiad.

O'r Dyfnder ac o'r Dechrau

Daw'r teitl o gerdd Waldo 'Cân imi, Wynt' a cheir dyfyniadau o'r gerdd 'Cwmwl Haf' yng nghorff y stori.

Dyn anhysbys yw prif gymeriad y stori hon. Bu sawl ymgais gan wyddonwyr meddygol i ganfod yr achosion cynharaf o AIDS. Am lawer blwyddyn credid taw morwr a fu farw yn 1959 oedd yr achos cyntaf, gan fod symptomau'i waeledd mor debyg i nodweddion AIDS. Serch hynny, taflodd arbrofion diweddarach amheuaeth ar yr asesiad hwn a bellach ni chredir taw AIDS oedd achos ei salwch. Roedd ei ddioddefaint yn ddirgelwch i feddygon ei ddydd. Myfyrdod

169

ynghylch ofnadwyaeth yr afiechyd dienw hwn yw symbyliad y stori.

Postio Llythyr

Fe geir stori, apocryffaidd yn ôl pob tebyg, fod un o feirdd pwysicaf Cymru yn hanner cyntaf yr ugeinfed ganrif yn hoff o wisgo dillad menyw, ac yntau'n ŵr priod. Roedd y bardd hwn hefyd yn adnabyddus am ei bryder mawr ynghylch marwolaeth.

Janet Jayne DBE

Teimlaf fod Kate Roberts yn anfaddeuol o lawdrwm ar Sioned yn *Traed mewn Cyffion*. Fe'i gwelaf fel merch uchelgeisiol ac ynddi awydd dianc rhag ei magwraeth gul ac anghenus.

Melltith

'Yet more intimidating was Joanna Powell of Westhide who in 1617 "did curse John Smith, one of the churchwardens, upon Thursday last, in Welsh language, kneeling down upon her bare knees and holding up her hands, but otherwise the words he could not understand".'

Keith Thomas, *Religion and the Decline of Magic*, Llundain, 1971, t.508.

Y Gŵr Mwya ar Dir y Byw

Dr Johnson and Mrs Thrale's Tour in North Wales 1774, with an Introduction and Notes, Adrian Bristow, 1995, gw. nodyn 111:

Many years later, Mrs Piozzi related that it was on the 7th of September [1774] that, on their way from Wrexham to Chirk, they passed through Ruabon where the following occurrence took place: 'A Welsh parson of mean abilities, though a good heart, struck with reverence at the sight of Dr. Johnson, whom he had heard of as the greatest man living, could not find any words to answer his inquiries concerning a motto round somebody's arms which adorned a tombstone in Ruabon churchyard. If I remember right the words were: "Heb Dw [sic], Heb Dym [sic], Dw o' diggon [sic]" [arwyddair teulu Myddleton]. And though of no very difficult construction, the gentleman seemed wholly confounded and unable to explain them, till Mr. Johnson, having picked out the meaning little by little, said to the man, "Heb is a preposition, I believe, sir, is it not?" My countryman, recovering some spirits upon the sudden question, cried out, "So I humbly presume, sir," very comically.'

Y Gwir yn Erbyn y Byd

Ymddiheuriadau i ddisgynyddion J T Job (yr emynydd ac enillydd y Gadair yn 1897, 1903 ac 1918 a'r Goron yn 1900). Gwn nad yw'r ddwy yn y stori hon yn eu plith.

Englyn Liws

Dyma'r englyn a ganodd Liws Herbert 'pan roeddid yn [ei] raenio... ar y barr am hoedyl am ladd ei gŵr':

> Er i'r tad roi roddiad i ryw ddyn, a dygiad
> oedd degach nac un dyn:
>   Yn gofus yd wyf yn gofyn
>   a fadde duw ddifa dyn.

Addasodd y llinell olaf i 'a vadde Duw veddwl dyn' er mwyn rhoi yn ei le un 'a graffodd arni' wrth iddi sefyll yn y llys.

Copïwyd yr englyn gan John Jones Gellilyfdy. Am Liws Herbert rhoddir y dyddiad 1610–1640.

Y Sgarff

Mewn ffilmiau a ffotograffau o lofruddiad yr Arlywydd John F Kennedy fe welir menyw yn sefyll yn agos at y car yn tynnu lluniau. Dyfelir y byddai'i ffotograffau hi gyda'r gorau o'r digwyddiad a chan ei bod yn wynebu'r bryncyn gwelltog mae'n bosibl y byddai'r lluniau'n dangos tystiolaeth i brofi a oedd yna ail saethwr neu beidio. Ond nid yw'r fenyw hon wedi cael ei hadnabod erioed. Am ei bod hi'n gwisgo sgarff am ei phen rhoddir y llysenw Babwshca iddi.

Mae Linda yn gallu 'profi' ei stori drwy ddangos y sgarff yn union fel y gallai'r hen wraig oedd yn wyres i gaethferch brofi bod ei mam-gu wedi cwrdd â Lincoln drwy ddangos y cawg yr yfodd yr Arlywydd ddŵr ohono.

Amser yng Nghymru Fydd

Enwau rhai o'r cymeriadau o nofel Islwyn Ffowc Elis *Wythnos yng Nghymru Fydd* a geir yn y stori hon.

Hefyd gan Mihangel Morgan:

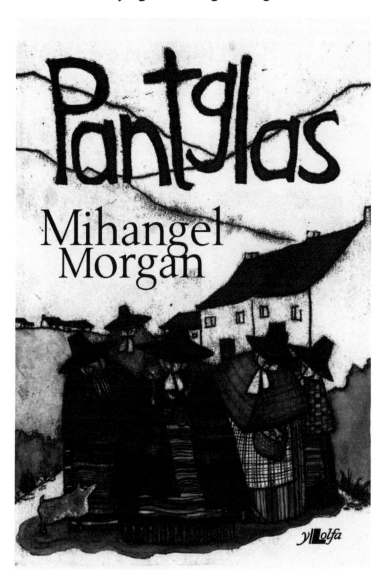

Pantglas

Mihangel Morgan

y Lolfa

£8.95

Mihangel Morgan

Mihangel Morgan

Saith Pechod
Marwol

£6.95

Mihangel Morgan
cathod a chŵn

y Lolfa

£5.95

Am restr gyflawn o lyfrau'r Lolfa, mynnwch
gopi am ddim o'n catalog
neu hwyliwch i mewn i'n gwefan

www.ylolfa.com

lle gallwch archebu llyfrau ar-lein.

TALYBONT CEREDIGION CYMRU SY24 5HE
ebost ylolfa@ylolfa.com
gwefan www.ylolfa.com
ffôn 01970 832 304
ffacs 832 782